Jutta Bauer • Kath

ARMUT

SCHÜLER FRAGEN NACH

CARLSEN

FSC
www.fsc.org
MIX
Papier aus verantwortungsvollen Quellen
FSC® C018236

IMPRESSUM

Buchkonzept und Illustration: Jutta Bauer
Gestaltung: Katharina J. Haines
Glossar: Jutta Bauer, Sandra Ladwig
Lektorat: Cordula Thörner
Schaubild (Umschlag innen): Grafikdeerns für Hinz&Kunzt; Redaktion: Ulrich Jonas
Satz: Katharina J. Haines
Herstellung: Ina Anders

VORWORT

Was ist eigentlich Armut? Der Mangel an Geld und dadurch an angesagter Kleidung, an Urlaubsreisen und kulturellen Angeboten wie Kino, Theater oder Musik? Oder dass man kein Zuhause hat und auf der Straße schlafen muss? Und was ist im Gegensatz dazu Reichtum? »Die acht reichsten Milliardäre der Welt – alles Männer – besaßen im Jahr 2016 mehr Vermögen als die gesamte ärmere Hälfte der Weltbevölkerung. Die Konzentration von Reichtum in den Händen weniger nimmt ständig zu, während Hunderttausende nicht genug zu essen haben.« Das sagt der *Oxfam**-Bericht 2016.

Bei einer Anhörung zur Kinderarmut im Hamburger Rathaus erfuhr ich von einem Mitarbeiter der *Arbeitsgemeinschaft der Freien Wohlfahrtspflege**, dass in Hamburg ein Fünftel aller Kinder arm ist und dass die Kinderarmut in unserer reichen Stadt nicht sinkt, sondern stagniert (also gleich bleibt). Ich hörte von Sozialarbeitern von dem Mangel an Privatsphäre, unter dem arme Menschen oft leiden, weil zu viele auf engem Raum leben müssen. Und dass es viele Kinder und Jugendliche gibt, mit denen wenig gesprochen wird, denen nie jemand vorliest, die noch nie in ihrem Leben in einem Restaurant waren. Das Einkommen der Eltern entscheidet bei uns immer noch darüber, wie gesund ein Mensch aufwächst und ob er gut lernen kann, ob er sich viel oder wenig zutraut und Vertrauen in die Zukunft hat.

Das alles ist Armut und noch vieles mehr. Sie hat verschiedene Gesichter. Es ist etwas ganz anderes, ob man im armen

Indien oder im reichen Deutschland ein armes Kind ist. Das erklärt zum Beispiel der Armutsforscher Professor Christoph Butterwegge in diesem Buch auf die Frage »Was ist eigentlich Armut?«.

Aber wie fühlt sich Armut genau an? Eine Jugendliche vom *KIDS**, einer Straßenkinderinitiative, sagt das so: »Man kann sich nicht andauernd was kaufen. Hier ist einfach kein Platz für Leute, die kein Geld haben.« – »Wenn man hier in unserer Welt lebt, wo das Konsumieren so superwichtig ist, dann ist es bestimmt ein seltsames Gefühl, wenn man gar nichts hat«, habe ich gedacht, als ich das hörte.

Wenn man genauer wissen möchte, was Armut bedeutet (oder umgekehrt, auch was richtig reich sein bedeutet), dann fragt man am besten Arme und Reiche selbst und Leute, die sich in Sozialarbeit, Politik und Wissenschaft mit dem Thema beschäftigen. Weil ich außerdem herausfinden wollte, was Kinder und Jugendliche für Fragen haben und ob sie das Thema überhaupt interessiert, habe ich mit Schülern gesprochen und sie gebeten, ihre Fragen aufzuschreiben. Mit einigen dieser Fragen ging ich dann zu Wohnungslosen ins *Hinz&Kunzt**-Café und zu den Jugendlichen vom *KIDS**. Es gab aber auch Fragen, die sich an Menschen mit viel Geld richten (»Geben Sie etwas von Ihrem Geld ab?«) oder an Wissenschaftler, Politiker oder Philosophen (»Warum gibt es Arme und Reiche?«).

Mit viel hilfreicher Unterstützung von Cordula Thörner vom Carlsen Verlag habe ich versucht, für alle Fragen passende

Antwortende zu finden. Das war nicht immer einfach, besonders Reiche sprechen nicht gern über Geld. Die jugendlichen Fragensteller hätten sich so sehr einen richtigen Fußballmillionär gewünscht, der die Frage beantwortet: »Warum verdienen manche Menschen so viel für ihre Arbeit und andere nicht?« Den haben wir trotz vieler Versuche nicht gefunden. Dafür aber den erfolgreichen US-Basketballer Dirk Nowitzki.
Die Antworten sind keine Fakten, sondern immer eine persönliche Meinung oder sie zeigen eine politische Auffassung. Ich habe viel gelernt bei diesem Projekt, war oft sehr berührt und genauso oft begeistert von der Wärme, die mir begegnet ist in Institutionen, die nicht zu Unrecht zum Beispiel *CaFée mit Herz** heißen. Es gibt auch Reichtum unter den Allerärmsten: den Reichtum an Erfahrung und Mitgefühl.
Ich wünsche mir, dass dieses Buch in viele Hände gerät. Große und kleine, arme und reiche Hände. Wenn es helfen kann, ein Empfinden dafür hervorzurufen, wie blöd es ist, einen Mitschüler zu ärgern, weil er nicht die richtigen coolen Schuhe trägt, dann hat es sich gelohnt.

JUTTA BAUER

* *Einige Wörter haben wir mit einem Sternchen* versehen. Diese Begriffe werden hinten auf dem Buchumschlag erklärt.*

OT DROP · NE LAISSE
ORSI

PAS TOMB
CH

Was ist Armut?

FRITZ

Armut hat viele Gesichter. Armut in Kalkutta (einer großen Stadt in Indien, in der viele arme Menschen leben) ist etwas anderes als Armut in Köln. Besonders schlimm ist es, immer Hunger zu haben oder kein sauberes Wasser zum Trinken. Auch keine dem Klima entsprechende Kleidung zu besitzen oder keine Wohnung zu haben, wie das in Afrika oft der Fall ist, ist schlimm. Armut in einem reichen Land wie dem unseren kann aber demütigender sein als Armut in einem armen Land, der sogenannten Dritten Welt, weil dort (fast) alle arm sind. Deshalb wird dort niemand ausgegrenzt oder ausgelacht, wie es bei uns passieren kann, wenn jemand kein Handy hat oder nicht mit ins Kino gehen kann.

PROF. DR. CHRISTOPH BUTTERWEGGE
Politikwissenschaftler und Armutsforscher

Was ist überhaupt reich?

ZÜHRE

Reich ist man, wenn man so viel Geld besitzt, dass man davon bis ans Lebensende ohne finanzielle Sorgen leben kann.

PROF. DR. CHRISTOPH BUTTERWEGGE
Politikwissenschaftler und Armutsforscher

Warum gibt es Arme und Reiche?

ZÜHRE

Liebe Zühre, auf deine Frage gibt es sehr unterschiedliche Antworten. Meine ist nur eine. Vielleicht leuchtet sie dir ein. Ab einem bestimmten Alter muss jedes Lebewesen auf unserem wunderbaren blauen Planeten – Pflanze, Tier oder Mensch – für sich selbst sorgen. Das gilt vor allem für uns Menschen. Jeder von uns ist einmalig, ein Original. Wir sind gleich an Rechten, aber unterschiedlich ausgestattet an Leib, Geist und Seele. Die Sinnesorgane – Augen, Ohren, Nase, Zunge, Haut – und Körperteile sind bei jedem von uns anders ausgebildet, bei manchen gar nicht vorhanden. So entstehen bei jedem Menschen Vor- und Nachteile gegenüber anderen. Wir Menschen werden einander zu Konkurrenten. Die einen werden reich und haben keinen Mangel, die anderen arm – sie haben oft nicht das Nötigste. Deine Frage führt zu der Frage: Wie sollen wir damit umgehen, dass wir Gegner sind. Von meinem Glauben an Jesus Christus her ist für mich jeder Mensch in seiner Würde unantastbar. Diese Unantastbarkeit verpflichtet mich, dass wir Menschen einander zu unserem Recht verhelfen, um ein menschenwürdiges Leben gemeinsam zu führen nach dem Leitspruch: »Gemeinwohl, das Wohl aller, geht vor Eigennutz.« In einem Satz: Es wird darauf ankommen, dass wir nicht gegeneinander leben, sondern miteinander leben, indem jeder in seiner Einmaligkeit geachtet wird.

PROPST* EM. HELMER-CHRISTOPH LEHMANN

Evangelischer Pastor

Zunächst: Menschen sind unterschiedlich, sie haben unterschiedliche Wünsche, unterschiedliche Interessen, unterschiedliche Fähigkeiten und eine unterschiedliche Herkunft. Schon deshalb können unsere Lebensumstände nicht identisch sein.

Wenn nun ein Mensch aus seinen Interessen einen Beruf macht, aber andere Menschen sich nicht für sein Angebot interessieren, wird er damit kaum etwas verdienen können. Wenn die eigenen Fähigkeiten bei der Arbeit nicht ausreichen, droht das ebenfalls. Umgekehrt kann einem aber auch der große Erfolg gelingen – wie den großen Erfindern oder Unternehmern. Die Erfindung des iPhone ist ein Beispiel dafür.

Außerdem: Wenn man sein Geld für etwas investiert, also einsetzt, kann man nicht sicher sein, was daraus wird. Jemand trifft eine Entscheidung für die Zukunft und vielleicht stellt sich später heraus, dass das Geld falsch investiert war oder dass sie oder er eine Ausbildung gewählt hat, mit der man keine gute Arbeit finden kann. Glück und Pech haben also auch etwas mit reich und arm zu tun.

Hinzu kommt der Zufall, in welche Familie man hineingeboren wird. Dadurch sind die Startchancen unterschiedlich. Schließlich: Die Volkswirtschaft* kann in eine Krise geraten, dann wird nicht mehr investiert, die Unternehmen stellen keine Arbeitskräfte mehr ein und Menschen werden entlassen; Arbeitslosigkeit und Armut sind die Folge. Solche Krisen wirken meist nur befristet. Die so entstehenden Unterschiede zwischen Armen und Reichen sind deshalb nicht dauerhaft.

PROF. DR. MICHAEL HÜTHER
Wirtschaftsforscher und Institutsdirektor

Warum gibt es Armut auf der Welt?

TANJA, ARNAS, MEHMET, FATMAY

Liebe Tanja, lieber Arnas, lieber Mehmet, liebe Fatmay, die Antwort ist leider nicht ganz leicht, denn Armut kann viele Ursachen haben. Armut gibt es zum Beispiel, weil die meisten Menschen erst einmal darauf gucken, dass es ihnen selbst gut geht. Das an sich ist nicht schlecht. Wenn man aber selbst viel mehr hat, als man zum Leben braucht, darf man nicht übersehen, dass andere Leute zu wenig haben. Ein Beispiel: Es gibt genug Essen für alle auf der Welt, es ist nur nicht gerecht verteilt. Das gilt nicht nur für einzelne

Menschen, sondern auch für ganze Länder. In armen Ländern haben viele Menschen kein Zuhause, nichts zu essen, die Kinder können nicht in die Schule gehen und die Erwachsenen haben keine Arbeit. Das hat auch etwas damit zu tun, wie wir hier in Deutschland und in anderen reichen Ländern leben: Wir kaufen gerne billige Kleidung, aber sie kann nur darum so billig sein, weil sie von Menschen in armen Ländern (zum Beispiel in Bangladesch) genäht wurde. Diese Menschen bekommen nur sehr wenig Lohn und sie müssen jeden Tag sehr viele Stunden arbeiten. Die Eltern dort müssen so viel arbeiten, dass sie ihre Kinder eine lange Zeit gar nicht sehen. In vielen Ländern müssen sogar die Kinder selbst arbeiten. Trotzdem bleiben sie arm. Und weil sie nicht zur Schule gehen können und daher nicht genügend lernen, bleibt das oft ihr ganzes Leben so. Hinzu kommen Naturkatastrophen wie Überschwemmungen, lange Trockenheit oder Waldbrände, durch die Häuser, Getreide, Obst und Gemüse zerstört werden. Zu diesen extremen Naturkatastrophen kommt es immer häufiger durch den weltweiten Klimawandel, an dem die reichen Länder wie Deutschland mit den vielen Fabriken und Autos beteiligt sind. Es gibt noch viel mehr Gründe, warum es Armut gibt. Und weil es eben so kompliziert ist, kann man Armut leider nicht so schnell besiegen. Aber wir als Kirche arbeiten wirklich hart daran. Ich meine: Wenn die, die viel haben, mehr teilen würden, gäbe es weniger Armut.

BISCHOF FRANZ-JOSEF OVERBECK

Katholischer Bischof

Es gibt Armut in der Welt, weil viele Reiche nicht bereit sind, mit den Armen zu teilen. Armut ist jedoch nicht gottgegeben und im Islam geht man nicht davon aus, dass man sich damit abfinden sollte. Da Gott im Islam vor allem gerecht ist, sind die Menschen aufgerufen, dieser Ungerechtigkeit, die Armut ja ist, entgegenzutreten. Soziale Gerechtigkeit ist ein direkt aus dem Islam ableitbares Prinzip. Damit verbunden ist also der Einsatz aller Muslime für ein gutes Leben für alle.

PROF. DR. KATAJUN AMIRPUR
Islamwissenschaftlerin

Menschen sind oder werden aus einer Vielzahl von Gründen arm. Nur sehr selten sind sie ganz allein dafür verantwortlich – wenn eine Person ihr gesamtes Hab und Gut im Casino verspielen würde, wäre das so ein Fall. Zumeist jedoch tragen Arme nicht die alleinige und häufig sogar überhaupt keine Schuld an ihrer Lage. Selbst in wohlhabenderen Ländern gibt es Armut. Dann handelt es sich meist um sogenannte relative Armut, die etwas mit sozialen Ungleichheiten* zu tun hat. Ungleichheiten in Einkommen und Besitz können zu Armut führen, weil sich Menschen in einer Gesellschaft miteinander vergleichen. Es kann dann zu Situationen kommen, in denen diejenigen, die viel weniger als andere haben, sich schämen und ihre Selbstachtung verlieren, etwa weil sie den Eindruck haben, sich keine »angemessene« Kleidung leisten zu können.

Weltweit ist die Lage sogar noch viel dramatischer. Hunderte Millionen von Menschen werden in sogenannte extreme Armut geboren und viele davon bleiben ihr Leben lang arm. In vielen Ländern sorgen schlechte oder fehlende soziale Einrichtungen, die politische Lage oder Bürgerkriege dafür, dass es materielle Ungleichheiten und extreme Armut gibt. Es fehlt häufig an allem Wichtigen und für uns Selbstverständlichem – an Kindergärten, guten Schulen, Ausbildungsplätzen und Krankenhäusern, an verlässlichen Polizistinnen und Polizisten und so weiter und so fort. Unter solchen Bedingungen sind selbst talentierte und hart arbeitende Menschen zu bitterer Armut verdammt. Nur eine tiefgreifende Veränderung in diesen Ländern und auch bei internationalen Institutionen kann hier Abhilfe schaffen.

DR. VALENTIN BECK
Philosoph

Buddha hat erkannt, dass alles Leben mit Leid verbunden ist – und dazu gehört auch die Armut. Die meisten Buddhisten glauben, dass man in einer besonders reichen Familie wiedergeboren wird, wenn man Menschen und Tieren Gutes tut und freigebig, freundlich und hilfsbereit ist. Und sie glauben, dass jemand, der engherzig und geizig ist, später einmal unter Armut leiden wird.

DR. CAROLA ROLOFF
Buddhismus-Wissenschaftlerin

Viele Buddhisten glauben, dass es etwas mit schlechtem Karma* zu tun hat: Armut ist eine Folge von schlechtem Handeln in einem früheren Leben. Buddhisten glauben nämlich, dass man nach dem Tod wiedergeboren wird. Hat man in einem früheren Leben Gutes getan und war großzügig, so wird man im folgenden Leben angenehme und materiell reiche Lebensumstände vorfinden. War man ein geiziger und schlechter Mensch, so ist das Karma* negativ und man wird in einem folgenden Leben materielle Not erleiden.

MICHAEL ZIMMERMANN
Professor für Buddhismuskunde

Eure Frage hat es in sich. Euch darauf zu antworten, fällt mir nicht leicht! Armut hat viele Ursachen, sie entsteht aus verschiedenen Gründen, folgt aus unterschiedlichen Nöten und Mängeln. Das kann zum Beispiel ein Erdbeben oder eine andere Naturkatastrophe sein: Menschen verlieren von einem Augenblick zum anderen ihr Hab und Gut, sie geraten unverschuldet in bittere Armut und in großes Elend. Oder: Leben Menschen über ihre Verhältnisse, geben sie also mehr Geld aus, als sie haben, haben sie ihre Armut selbst verschuldet. Armut kann aber auch die Folge davon sein, dass die Lebensumstände, das Miteinander der Menschen, die Art, wie gewirtschaftet wird, zu einem Gegeneinander geworden ist: Jeder ist sich selbst der Nächste und denkt nur an sich.
Armut ist nicht schicksalsgegeben und schon gar nicht von Gott gewollt. Wir werden mit Armut immer zu tun haben: Sie ist ein Übel. Aber Arme sollte es nach Gottes Willen nicht geben, so sagt es die Bibel von der ersten bis zur letzten Seite – darin sind sich Juden, Christen und Muslime einig.

PROPST* EM. HELMER-CHRISTOPH LEHMANN
Evangelischer Pastor

Wieso erlaubt Gott, dass es Armut gibt? LISA

Liebe Lisa, Gott hat uns Menschen einen freien Willen gegeben. Er greift nicht ein, wenn wir Menschen Fehler machen. Und wir machen immer wieder Fehler. Das ist aus meiner Sicht der Grund, warum es Krieg, Hunger und Umweltzerstörung (Abholzen von Bäumen, Plastik in den Weltmeeren, Ausrottung von Tierarten) gibt. Ja, Gott lässt das geschehen, obwohl es ungerecht ist. Aber Gott will vor allem, dass alle Menschen in Frieden und Wohlstand leben. Darum hat Gott uns Talente und Fähigkeiten gegeben, um dieses Ziel zu erreichen, auch wenn wir noch weit davon entfernt sind. Liebe Lisa, es ist wirklich gut, dass es Kinder wie dich gibt, die diese Frage stellen. Das ist der Anfang, um Dinge zu verändern. Lass uns gemeinsam anfangen, die Welt besser zu machen.

BISCHOF FRANZ-JOSEF OVERBECK
Katholischer Bischof

Wie wird man arm?

YUNUS, EMRE, JESSE

Arm kann jeder werden, am häufigsten durch den Verlust der Arbeit. Zwar bekommt man in der ersten Zeit Arbeitslosengeld, dies ist aber viel weniger, als man vorher verdient hat. Die Ausgaben für Miete, Essen, Fahrkarte und so weiter bleiben aber bestehen. Der größte Posten ist die Miete, aber in großen Städten gibt es kaum günstige Wohnungen. Auch wenn man krank wird, hat man viel weniger Geld zu Verfügung. Es gibt aber auch viele Menschen, die jeden Tag zur Arbeit gehen, aber leider so wenig Geld verdienen, dass sie trotz Arbeit finanzielle Unterstützung brauchen.

STEPHAN KARRENBAUER

Sozialarbeiter bei *Hinz&Kunzt**

Warum verdienen manche Menschen so viel für ihre Arbeit? Ist das, was sie tun, besser?

LODINE

Zuerst einmal sollte klar sein: Keine Arbeit, die für die Gesellschaft nützlich ist, ist besser als eine andere ebenfalls nützliche Arbeit. Wir brauchen Bauarbeiter ebenso wie Ärztinnen, Verkäuferinnen und Müllmänner ebenso wie Ingenieurinnen und Lehrer, Künstlerinnen ebenso wie Sekretäre. Natürlich kann nicht jede Arbeit ganz gleich bezahlt werden. Einige Menschen tragen in ihrem Beruf eine besonders hohe Verantwortung, zum Beispiel Ärzte. Oder sie mussten erst eine lange Ausbildung machen, zum Beispiel Wissenschaftler. Das sollte sich dann auch in ihrem Verdienst auszahlen. Es ist aber eine große Ungerechtigkeit in unserer Gesellschaft, dass manche Manager und Unternehmenschefs das Tausendfache eines einfachen Angestellten verdienen. Diese Manager bekommen so viel Geld, damit sie auf der Seite der Aktien-, Fabriken- und Bankenbesitzer stehen. Ihre Aufgabe ist es nämlich, die Reichen noch reicher zu machen, indem sie die Arbeiter und Angestellten ausbeuten. Leider werden gerade eintönige oder gesundheitsschädliche Arbeiten

etwa von Fabrikarbeitern, Reinigungskräften, den Mitarbeitern von Fast-Food-Lokalen oder Arbeitern auf Baustellen besonders schlecht bezahlt. Diese Arbeiten sind sehr schwer und machen meist keinen Spaß – deswegen sollten sie viel besser bezahlt werden. Schlimm ist auch, dass Menschen, die anderen Menschen helfen, also Altenpfleger, Krankenschwestern oder Sozialarbeiterinnen oft sehr wenig Geld verdienen, obwohl sie doch eine hohe Verantwortung tragen und eine sehr harte Arbeit machen. Diese Menschen sollten auch besser verdienen.

ULLA JELPKE
Politikerin, Die Linke

Manche Berufe sind schwieriger als andere oder der, der ihn ausübt, trägt eine höhere Verantwortung. Bei Ärzten zum Beispiel geht es oft um Leben oder Tod. Firmenchefs haben die Verantwortung für den Erfolg ihres Unternehmens und damit für viele Arbeitsplätze. Bei Profisportlern, in Deutschland vor allem Fußballspieler, gilt: Besonders gute Spieler sind auch besonders teuer, weil jeder Verein sie haben will.

KATJA SUDING
Politikerin, FDP

Das würde ich auch gerne besser verstehen. Meistens bekommen Menschen mehr für ihre Arbeit, wenn sie für andere Verantwortung übernehmen, wie zum Beispiel Ärzte oder Piloten. Oder sie denken sich tolle Dinge aus, die für alle das Leben schöner machen. Ich freue mich zum Beispiel darüber, dass ich meine Lieblingsmusik überall hören kann oder dass ich meine Familie in Deutschland über das Internet so leicht erreichen kann. Dass man fürs Körbewerfen so viel Geld verdient, wundert mich auch immer wieder ;)

DIRK NOWITZKI
Profi-Basketballer in den USA

Ich würde alle Menschen als arm einstufen, die auf ständige Unterstützung von Behörden angewiesen sind. 6,7 Millionen Menschen in Deutschland erhalten Arbeitslosengeld II (das ist auch als Hartz IV* bekannt). Weitere 500.000 Menschen erhalten eine sogenannte Grundsicherung. Beide Gruppen haben zum Leben 409 Euro im Monat.

STEPHAN KARRENBAUER

Sozialarbeiter bei *Hinz&Kunzt**

Sind Arme selbst schuld an ihrer Armut?

PIA

Ich glaube nicht. Schicksalsschläge, Trennungen, Krankheit, Arbeitslosigkeit und so weiter – es gibt viele Ursachen. Wichtig ist das Bemühen des Einzelnen, seine Situation zu verbessern. Für Kinder ist der einzige Schlüssel gegen Armut eine gute Schul- und Berufsausbildung. Sie müssen früh lernen, aufzustehen – nicht liegen zu bleiben – und mit Anstrengung etwas zu wollen.

JENS WRAGE

Vorstandsvorsitzender *Hamburger Tafel**

Nein, es gibt Umstände, auf die man wenig Einfluss hat, die dann dazu führen können, dass man arm wird. Man ist jedoch dazu aufgerufen, an diesem Zustand etwas zu ändern. Dabei kann man – theoretisch zumindest – auf die Mithilfe seiner Glaubensgenossen hoffen, denn den Armen zu helfen ist ein zentrales Gebot im Islam. Anders als im Christentum ist Reichtum im Islam nicht schlecht angesehen. Man darf sich also durchaus seines Reichtums freuen und nach Wohlstand streben. Aber: Man muss ihn mit den Armen teilen.

PROF. DR. KATAJUN AMIRPUR
Islamwissenschaftlerin

Für Buddhisten stellt sich diese Frage eigentlich nicht. Selbst wenn jemand aus eigenem Verschulden arm ist, so sollte man ihm helfen, weil er jetzt Hilfe braucht. Man hilft ja auch jemandem, der zu ertrinken droht, und ruft ihm nicht vom Ufer aus zu, er hätte ja Schwimmen lernen können. Auch wenn man viel Gutes getan hat, kann man plötzlich arm werden: Ein Krieg kann ausbrechen oder eine Naturkatastrophe und in wenigen Augenblicken verliert man alles, was man hat.

DR. CAROLA ROLOFF
Buddhismus-Wissenschaftlerin

Manche Buddhisten sehen das so. Das schlechte Karma* aus früheren Leben entfaltet irgendwann seine Wirkung, ganz ohne dass man sich daran erinnern kann, was man in früheren Leben getan hat. Das Ergebnis kann materielle Not sein. Man wäre an seiner Armut also selbst schuld.

MICHAEL ZIMMERMANN
Professor für Buddhismuskunde

Muss man Armen helfen? ANNA

Ja, durch das Gebot, Almosen* zu geben, ist man quasi von Gott verpflichtet, den Armen zu helfen. Als Muslimin habe ich als Kind gelernt, dass es nicht rechtens ist, an einem Bedürftigen vorbeizugehen, ohne ihm zu helfen. Leider nehmen vor allem die reichen Ölstaaten dieses Gebot nicht ernst. Bei dem vielen Geld, das sie zur Verfügung haben und teilen könnten, gäbe es keine Armut mehr – wenn sie sich an Gottes Gebot halten würden.

PROF. DR. KATAJUN AMIRPUR
Islamwissenschaftlerin

Liebe Anna! Das musst du selbst entscheiden. Ich gehe davon aus, dass du ein waches Herz hast und dass es dir ähnlich geht wie mir: Da hockt ein Bettler vor meiner Buchhandlung und anstatt ihm einen 20-Euro-Schein zu geben, kaufe ich ein Buch und werfe das Wechselgeld in seinen Plastikbecher: 50 Cent, und ich habe ein schlechtes Gewissen. Ja, Armen muss geholfen werden. Aber inzwischen wissen wir: Nichts gegen das Spenden, aber Armen zu helfen ist nicht nur eine Frage des Geldes, sondern eine Frage des Geistes, aus dem heraus ich handle. Und das ist meine Überzeugung: Vor Gott sind wir alle Bettler und wir sind darauf angewiesen, aufgerichtet zu werden. Das habe ich von einem Verkäufer des Hamburger Straßenmagazins *Hinz&Kunzt** erlebt und gelernt: Er sagte zu mir: »Einst kauerte ich am Boden und man sah auf mich herab. Jetzt stehe ich und wir sehen einander an auf Augenhöhe.« Es kommt nicht nur darauf an, dass ich helfe, sondern es ist ebenso wichtig, wie ich es tue. Geben, ohne zu beschämen und ohne auszugrenzen – das ermöglicht neue Chancen für ein gemeinsames Leben in Gerechtigkeit, damit alle teilhaben an der Fülle des Lebens.

PROPST* EM. HELMER-CHRISTOPH LEHMANN
Evangelischer Pastor

Man sollte, soweit es einem möglich ist, jedem helfen, der Hilfe braucht. Außerdem gibt ein Armer dem Reichen die Möglichkeit, Gutes zu tun. Dies hilft dann dem Armen direkt und dem Reichen indirekt, weil es sich positiv auf seine künftigen Leben auswirkt. So nützt eine gute Tat beiden, dem Armen und dem Reichen. Und jetzt habe ich eine Frage an euch: Wann ist man eigentlich arm? Wann reich? Ist ein reicher Mann, der unheilbar krank ist, wirklich »reich«?

DR. CAROLA ROLOFF
Buddhismus-Wissenschaftlerin

Armen Menschen zu helfen ist im Buddhismus eine wichtige Aufgabe. Jeder kann helfen, auch wenn man selbst nur wenig besitzt. Zum einen hat Großzügigkeit eine sehr positive Wirkung auf das eigene Karma*, sodass als Belohnung angenehme Lebensumstände auf einen warten, wenn man nach dem Tod wiedergeboren wird. Zum anderen soll man im Buddhismus immer nach der goldenen Regel verfahren: Behandele andere so, wie du selbst von anderen behandelt werden möchtest. Und wenn man selbst arm ist, möchte man ja auch, dass andere einem helfen.

MICHAEL ZIMMERMANN
Professor für Buddhismuskunde

wie kann man Armut verhindern? YUNA

Armut zu verhindern ist schwierig, weil niemand weiß, was die Zukunft bringt und ob die eigenen Ideen und Pläne aufgehen werden. Aber man kann selbst etwas tun. Erstens: vorsorgen. Das geht vor allem durch gute Bildung, denn dann hat man die Möglichkeit, auf Neues besser zu reagieren. Außerdem sollte man für die Zukunft Geld sparen. Zweitens gibt es die Solidarität der Familie und die der Gesellschaft. In der Familie hilft man sich in der Not, diese Verantwortung gilt besonders für die Großeltern, die Eltern und die Kinder im Miteinander. Die Gesellschaft hilft über die Sozialversicherung (für den Fall der Arbeitslosigkeit, Krankheit und Pflege sowie im Alter) und vielfältige Sozialleistungen (Geld, aber auch günstigere Eintritte in Museen, Bibliotheken, Schwimmbäder etc.). Das Ziel ist es, dass den Menschen im Falle der Armut schnell geholfen wird, und zwar so, dass ihre Würde nicht gekränkt wird. Das ist nicht immer leicht, denn das Geld, das verteilt wird, kommt ja von anderen und es muss

deshalb sorgsam damit umgegangen werden. Das führt dazu, dass die Ämter prüfen, ob jemand wirklich arm ist und ob er eine Arbeit finden kann. Wichtig ist es, den arm gewordenen Menschen die Hilfe so zu geben, dass sie aus eigener Kraft wieder unabhängig davon werden können. Wir wissen, dass das größte Risiko, arm zu werden, in den Städten besteht und nicht auf dem Land. In den Städten sind vor allem die Wohnkosten die Ursache dafür. Deshalb gehört zu einer Politik, die Armut vermeidet, auch das Bemühen, rechtzeitig neue Wohnungen zu ermöglichen, indem Bauland ausgewiesen wird und Investitionen* gefördert werden.

PROF. DR. MICHAEL HÜTHER
Wirtschaftsforscher und Institutsdirektor

MUT

Armen Menschen zu helfen bedeutet, zuerst zu begreifen, dass sie nicht mit Absicht arm sind. Sie würden fast alle lieber in Wohnungen wohnen, kaum einer ist freiwillig draußen. Mir hat mal ein Kind gesagt: »Ich glaube, den Obdachlosen zu helfen, indem ich ihnen ein Lächeln schenke. Kein Auslachen, aber jeder freut sich doch, wenn er ein Lächeln geschenkt bekommt.« Natürlich kann man auch Hilfe geben, indem man Geld spendet. Vielleicht gibt man dem einen oder anderen mal einen Euro oder man spendet Geld an Einrichtungen, damit die Hilfe ausgebaut werden kann. Armut ganz zu verhindern ist sehr schwer. Der Grundgedanke muss aber sein, teilen zu lernen. Dass ich etwas abgebe, wenn es mir richtig gut geht, sollte eine Selbstverständlichkeit werden. Arme sind nicht mit Absicht arm. Aus Armut herauszukommen ist nicht einfach.

STEPHAN KARRENBAUER
Sozialarbeiter bei *Hinz&Kunzt**

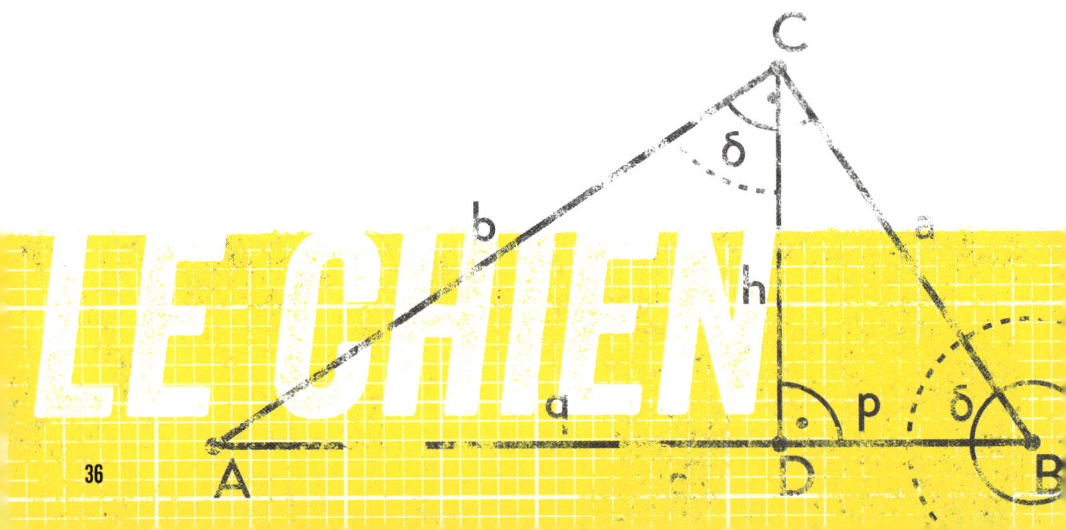

Der beste Weg, Armut zu verhindern, sind Bildung und Arbeit. Eine beitragsfreie Bildung in der Kita, in der Schule, bei der Ausbildung und im Studium ist ganz wichtig, um eine gute Arbeit zu finden und Geld zu verdienen. Das gibt es in Hamburg.

DR. MELANIE LEONHARD
Politikerin, SPD

Am besten kann Armut verhindert werden, indem alle Kinder beste Bildung bekommen. Besonders müssen wir darauf achten, dass Kinder aus ärmeren Familien dieselben Chancen auf einen hervorragenden Schulabschluss und später eine gute Ausbildung oder ein Studium haben wie Kinder aus reicheren Familien. Dafür müssen wir schon in der Krippe und der Kita anfangen, alle Kinder optimal zu fördern.

KATJA SUDING
Politikerin, FDP

Warum geben die Reichen den Armen kein Geld ab? **ANTHONY**

Wenn die Reichen den Armen und Obdachlosen etwas von ihrem Reichtum abgeben, würde das auch schon helfen, um einigen Armen ein etwas besseres Leben zu ermöglichen, und einige Reiche spenden ja tatsächlich für wohltätige Zwecke. Aber das Problem ist ein anderes: Es ist das Wirtschafts- und Gesellschaftssystem, das wir Kapitalismus* nennen. Das bedeutet, dass einige wenige Menschen alle Banken und Fabriken besitzen. Diese Menschen nennen wir Kapitalisten. Sie lassen dann andere Menschen – die Arbeiter – für sich arbeiten. Die meisten Menschen besitzen keine großen Reichtümer, von denen sie leben können, sondern sie müssen von ihrer eigenen Arbeit leben. Der Kapitalismus* ist ein Wirtschaftssystem, in dem es den Kapitalisten nur darum geht, immer höhere Gewinne zu machen. Darum wollen die Besitzer der Fabriken und Firmen ihren Arbeitern und Angestellten immer weniger Lohn zahlen und sie möglichst billig für sich arbeiten lassen. Und darum verlangen die Besitzer der Mietshäuser immer höhere Mieten, anstatt die Menschen billig bei sich wohnen zu lassen. Der Dichter Bertolt Brecht fasste das Verhältnis der Reichen zu den Armen mal in einem kurzen Gedicht treffend zusammen: »Reicher Mann und armer Mann standen da und sah'n sich an. Und der arme sagte bleich, wär ich nicht arm, wärst du nicht reich.«

ULLA JELPKE
Politikerin, Die Linke

Weil sie selbstsüchtig sind. Damit missachten sie aber Gottes Gebot: Muslime sind angehalten, sich um die Armen zu kümmern. Das sieht man sehr deutlich an dem Gebot, Almosensteuer* zu bezahlen und auch darüber hinaus Almosen* zu geben. Auch an den Gelegenheiten, an denen Muslime Fleisch und so weiter an die Armen verteilen sollen, sieht man das, beispielsweise zum Opferfest. Auch wenn privat etwas Schönes geschieht, etwa eine Geburt, werden immer Spenden an Bedürftige verteilt. Man teilt seine Freude, indem man abgibt und teilt.

PROF. DR. KATAJUN AMIRPUR
Islamwissenschaftlerin

Wer reich ist, möchte oft noch reicher werden. Er gibt aber vielleicht auch deshalb nicht gern etwas von seinem Reichtum ab, weil er glaubt, sich diesen verdient zu haben, oder weil er denkt, die Ärmeren seien arbeitsscheu und faul. Deshalb meint der Reiche, dass sie es nicht verdient hätten, weniger arm zu sein.

PROF. DR. CHRISTOPH BUTTERWEGGE
Politikwissenschaftler und Armutsforscher

Viele sind egoistisch und hartherzig. Andere glauben vielleicht, dass es nicht hilft, zum Beispiel einem Bettler Geld zu geben, weil das seine Situation nicht wirklich ändert – sie fühlen sich hilflos und tun gar nichts. Wieder andere fühlen sich nicht angesprochen, weil sie meinen, dass der Staat helfen muss. Und die Superreichen wissen wohl gar nicht, wie Armut aussieht.

DR. CAROLA ROLOFF
Buddhismus-Wissenschaftlerin

Buddhisten glauben, dass es schwierig ist, die Welt so zu erkennen, wie sie in Wirklichkeit ist. Gier, Hass und das Gefühl, dass man selbst am wichtigsten sei, bestimmen unser Handeln und verstellen uns den rechten Blick auf die Welt. Die Menschen verstehen nicht, dass wir alle zusammengehören und dass unsere Gemeinsamkeiten weit wichtiger sind als das, was uns voneinander trennt. Deshalb glauben viele Menschen, dass es genügt, wenn es ihnen selbst gut geht. Sie sind anderen gegenüber gleichgültig.

MICHAEL ZIMMERMANN
Professor für Buddhismuskunde

Was machen die Politiker gegen Armut?

JESSE

Wir brauchen gute Schulen! Wer einen ordentlichen Schulabschluss macht, hat gute Chancen, einen Beruf zu lernen sowie einen Job zu finden und damit Geld zu verdienen. Ältere Menschen müssen die Möglichkeit haben, sich auch nach ihrer Schulzeit weiterzubilden. Ich habe also immer das Ziel, Menschen in Arbeit zu bringen. Es gibt auch Fälle, wo das aus verschiedenen Gründen leider nicht gelingt. Dann darf und muss der Staat helfen.

KATJA SUDING
Politikerin, FDP

Das Werkzeug von Politikerinnen und Politikern sind vor allem Gesetze. Damit wird unser Zusammenleben geregelt, auch unsere Rechte und Pflichten. Es gibt Gesetze, die verhindern sollen, dass Menschen in Armut leben müssen. Menschen, die wenig Geld verdienen, können Wohngeld vom Staat bekommen, damit sie sich eine Wohnung leisten können. Wenn Menschen arbeitslos werden, bekommen sie auch Unterstützung durch den Staat. Damit Menschen erst gar nicht in Armut geraten, versuchen Politikerinnen und Politiker, dafür zu sorgen, dass es gute Schulen und Kindergärten gibt. Hier können Kinder viele Dinge für ihr Leben als Erwachsene lernen. Danach können sie dann eine Ausbildung machen oder zur Universität gehen. All diese Dinge werden auch durch Politik organisiert.
Auch Armut in anderen Ländern auf der Welt versuchen Politikerinnen und Politiker zu verhindern. Dazu beschließen sie bestimmte Förderprogramme. Zum Beispiel gibt es Projekte, die in Afrika Brunnen für Wasser und Solaranlagen für Elektrizität fördern. Aber trotz all dieser Bemühungen gibt es noch immer viel zu viel Armut in Deutschland und der Welt. Wir müssen mehr dagegen machen.

CEM ÖZDEMIR
Politiker, Bündnis 90/Die Grünen

Grundsätzlich machen die Politiker viel zu wenig gegen Armut. Allerdings gehören die Politiker unterschiedlichen Parteien* an und diese vertreten wiederum die Interessen von verschiedenen Bevölkerungsgruppen. So setzen sich die linken und sozialistischen Parteien* stärker für die armen Menschen, für die Arbeitslosen, die Rentner und für die arbeitenden Menschen ein. Soziale Gerechtigkeit ist für die linken Parteien* ein wichtiges Thema. Doch die rechten und liberalen Parteien* setzen sich lieber für »die Wirtschaft*« ein. Damit meinen sie aber die Reichen, die Unternehmer und die Banken. Diese spenden nämlich viel Geld an die Parteien* oder sie geben den Politikern gut bezahlte Nebenjobs, damit diese dann Gesetze in ihrem Interesse machen. Die Armut in unserer Gesellschaft ist auch die Folge einer falschen Politik. Hartz IV* ist zum Beispiel nichts anderes als Armut per Gesetz. Wenn die Politiker wirklich gegen Armut kämpfen wollten, dann sollten sie zuerst die Banken und die großen Konzerne* unter die Kontrolle des Staates stellen. Denn nur so können die Banken und Konzerne* gezwungen werden, im Interesse der Menschen statt im Interesse des Profits der Reichen zu arbeiten.

ULLA JELPKE
Politikerin, Die Linke

Es gibt viele Wege, Armut zu bekämpfen. Wichtig sind hier die vielen Gesetze, die Menschen in Not absichern. Wer zum Beispiel seine Arbeit verliert, bekommt Arbeitslosengeld und hat außerdem die Chance, sich mit staatlicher Hilfe weiterzubilden, um wieder einen Job zu finden. Selbst Menschen, die nicht arbeiten können, erhalten staatliche Unterstützung. Auch an mittellose ältere Menschen, deren Rente nicht zum Leben reicht, wird gedacht: Sie haben die Möglichkeit, einen finanziellen Zuschuss zu bekommen. Möglich ist auch, eine finanzielle Unterstützung zu bekommen, um eine Wohnung zu mieten, wenn das eigene Geld nicht reicht. Wer sich gar nichts leisten kann, bekommt vom Staat einen Platz in einer Unterkunft, wo es auch Beratung gibt. Mit der Hilfe von Sozialarbeitern kann man das eigene Leben neu gestalten und Wege aus der Armut finden. Der Staat hilft hierbei.

DR. MELANIE LEONHARD
Politikerin, SPD

Was wäre ohne Armut?

ANTHONY

Vermutlich haben die Menschen früher ganz anders über diese Frage nachgedacht, denn Armut war über Jahrhunderte hinweg ein fester Bestandteil nahezu jeder Gesellschaft. Dennoch drängt sich der Gedanke auf, dass Armut in einer Welt wie der unsrigen – mit all ihrem materiellen Überfluss und all ihren technischen Errungenschaften – ein vermeidbares Übel ist. Wahrscheinlich gab es noch nie so viel Wohlstand wie heute. Dieser müsste nur besser verteilt werden. Ohne Armut müsste niemand mehr hungern. Es würden nicht mehr Millionen Menschen jährlich an Krankheiten wie Durchfall, Masern oder Malaria sterben, die in den wohlhabenden Ländern meist recht einfach zu behandeln sind. Niemandem würden mehr lebenswichtige Medikamente oder

Zugang zu Bildung vorenthalten. Alle Menschen könnten sich in ihrer Freizeit den schönen Dingen widmen: Zeit mit Freunden verbringen, Spiele spielen, leckere Gerichte kochen, spazieren gehen und die Natur beobachten, Bücher lesen oder schreiben, Musik hören oder spielen, tanzen, Filme schauen, malen und zeichnen, Menschen oder Landschaften fotografieren und so weiter und so fort. Natürlich müsste dann auch niemand mehr darüber nachdenken, warum sie oder er sich an solchen Dingen erfreuen kann, während dies weniger Glücklichen nicht möglich ist und viele andere Menschen sich sogar in einem regelrechten Kampf ums Überleben befinden.

DR. VALENTIN BECK
Philosoph

Was passiert, wenn alle arm werden?

ANTHONY

Man müsste die Weltgeschichte wohl um einige Tausend Jahre zurückdrehen, um eine solche Situation vorzufinden. Zumindest in der jüngeren Geschichte war es fast immer so, dass einige Menschen viel und andere Menschen wenig besaßen. Ein Szenario, in dem alle Menschen arm sind, ist aber nicht undenkbar. Dann gäbe es zwar weniger materielle Ungleichheiten als derzeit, aber gut wäre das natürlich trotzdem nicht, da der Lebensstandard insgesamt viel niedriger als heute wäre. Allen Menschen würde es am Zugang zu Gütern mangeln, die für ein gutes Leben unverzichtbar sind, auch wenn sie im Vergleich zu ihren Mitmenschen nicht schlechter gestellt wären. Wenn alle Menschen absolut arm wären, gäbe es keine sichere Versorgung mit Lebensmitteln und sauberem Trinkwasser. Es fehlte an

sanitären Anlagen, lebenswichtigen Medikamenten und ärztlicher Betreuung. Die Unterkünfte der Menschen wären weniger großzügig oder böten keinen sicheren Schutz vor Stürmen, Überflutungen oder Hitzewellen. Die Schul- und Universitätsbildung wäre stark eingeschränkt und von niedrigerer Qualität. Es mangelte an besonderen wissenschaftlichen Forschungsprojekten wie der Raumfahrt, aber auch an teuren kulturellen Einrichtungen wie Museen, Theatern, Opernhäusern, Kinos und so weiter. Nicht zuletzt fehlte es den Menschen an gegenseitiger Hilfe und Unterstützung, weil sie sich in der Mehrheit vermutlich zunächst um ihr eigenes Überleben kümmern müssten.

DR. VALENTIN BECK
Philosoph

Wieso kriegen die Flüchtlinge ein Heim und die Obdachlosen nicht?

LENNART

Das stimmt nicht. Alle Menschen ohne Wohnung, ob sie hier nach Deutschland geflüchtet sind oder in Deutschland geboren wurden, können einen Platz in einer staatlichen Unterkunft bekommen, wenn sie darauf einen gesetzlichen Anspruch haben. In Hamburg leben über 30.000 Menschen in solchen Unterkünften. Aber: Seit einigen Jahren kommen immer mehr Menschen aus Staaten der Europäischen Union* nach Hamburg, die in Deutschland aber keine Arbeit finden und sich dann keine eigene Wohnung leisten können. Sie haben nur selten Anspruch auf eine Unterkunft. Sozialarbeiter informieren sie über ihre Chancen in Hamburg und beraten sie auch darüber, dass sie Sozialhilfen zuerst in ihrem Heimatland beantragen müssen.

DR. MELANIE LEONHARD,
Politikerin, SPD

Auch für Obdachlose gibt es Heime und Schlafplätze. Man nennt sie Notunterkünfte. Es ist uns oft nicht bewusst, dass auch für sie Unterkünfte bereitstehen, damit sie nicht bei Kälte oder Regen draußen schlafen müssen. Wir sehen diese Menschen ja oft nur auf der Straße oder in Parks. Auch bekommen sie weniger Aufmerksamkeit in den Medien. Manche Obdachlose wollen auch nicht in solchen Unterkünften schlafen, weil sie nicht gerne mit fremden Menschen in einem Zimmer wohnen. Andere Menschen schämen sich, weil sie obdachlos sind, und schlafen deswegen lieber alleine draußen. Es gibt also ganz unterschiedliche Gründe, warum Obdachlose auf der Straße leben, obwohl es auch für sie Hilfe und Heime gibt. Für Obdachlose und für Geflüchtete gibt es auch unterschiedliche Organisationen mit Sozialarbeitern, die versuchen, den Menschen zu helfen, egal ob es darum geht, eine Wohnung zu finden oder unsere Sprache zu lernen. Diese sozialen Organisationen sind sehr wichtig für unsere Gesellschaft.

CEM ÖZDEMIR
Politiker, Bündnis 90/Die Grünen

Warum werden Wohnungen immer teurer? PEER

Ein Grund dafür ist, dass viele Menschen an denselben Orten wohnen wollen. Sie wollen dort zum Beispiel arbeiten oder studieren, denn in manchen Regionen und Städten gibt es mehr und bessere Arbeitsplätze oder Universitäten. Dort wollen viele Menschen leben und sie suchen eine Wohnung. Die Eigentümer von Wohnungen in diesen Orten können dann oft höhere Preise verlangen, wenn sie Wohnungen verkaufen oder vermieten. Da so viele Menschen eine Wohnung brauchen, finden die Besitzer häufig jemanden, der bereit ist, mehr Geld für eine Wohnung zu zahlen. Deswegen ist es auch wichtig, dass Politik Maßnahmen ergreift, damit Familien und ärmere Menschen sich Wohnungen leisten können. Zum Beispiel, indem man bestimmt, dass Vermieter die Miete nur begrenzt erhöhen können. Oder auch dadurch, dass man den Bau von bezahlbaren Wohnungen fördert.

CEM ÖZDEMIR
Politiker, Bündnis 90/Die Grünen

Wohnungen sind in der Wirtschaft* ein besonderer Fall, weil sie nicht schnell vermehrt werden können. Das ist wie beim Lego-Spielen: Man muss erst planen, dann genug Steine und sonstiges Baumaterial besorgen und schließlich ist das Bauen auch nicht so einfach, wie man vorher denkt. Im richtigen Leben kommt hinzu, dass man das Geld für das Bauen meist von der Bank bekommt und diese vorher prüfen muss, ob man etwas Sinnvolles plant. Das dauert eine ganze Weile, genau wie die Baugenehmigung, die der Bauherr bei der Stadt beantragen muss. Wenn nun immer mehr Menschen in kurzer Zeit vom Land in die Stadt ziehen wollen, wie das derzeit der Fall ist, kann das Tempo beim Wohnungsbau nicht mithalten. Dadurch gibt es zu wenige Wohnungen in den Städten und die Wohnungspreise steigen, während sie auf dem Land sinken. Bei beweglichen Gütern, wie etwa Autos, würde man diese einfach vom Land in die Stadt liefern und die Preise würden sich wieder angleichen. Bei Wohnungen geht das nicht. Neu gebaut wird außerdem auch erst, wenn die Baufirmen den Eindruck haben, dass der hohe Bedarf anhalten wird – denn leere Wohnungen können die Bauherren in den Ruin führen.

PROF. DR. MICHAEL HÜTHER

Wirtschaftsforscher und Institutsdirektor

Warum gibt es so viele leere Wohnungen und Leute, die auf der Straße leben? **FABIAN, YUNA**

Menschen verlieren ihre Wohnung aus unterschiedlichen Gründen. Nur selten gibt es einen einzigen Grund, häufig gibt es mehrere Gründe. Wer zum Beispiel seine Miete lange nicht zahlt, weil er viele Schulden* hat und nicht rechtzeitig Hilfe in einer Beratungsstelle der Stadt sucht, der verliert seine Wohnung schneller als jemand, der sich Hilfe sucht. Auch für leer stehende Wohnungen gibt es viele Gründe. Aber: In Hamburg gibt es im Vergleich zu anderen großen Städten in Deutschland sehr wenige leer stehende Wohnungen. Um Missbrauch zu verhindern, werden alle Wohnungen, die lange leer stehen, in einer Liste zusammengefasst und mit den Vermietern wird gesprochen. Wenn die Wohnung nicht schnell wieder vermietet wird, kann die Stadt sie auch mit Zwang vermieten. So versuchen wir, alle Möglichkeiten zu nutzen, um Leerstand zu vermeiden.

DR. MELANIE LEONHARD
Politikerin, SPD

In vielen großen Städten, wie etwa Hamburg, München oder Frankfurt, gibt es nur sehr wenige leere Wohnungen. Die Mieten sind daher ziemlich hoch und gerade für Familien oft nur schwer zu bezahlen. Dagegen hilft nur, mehr Wohnungen zu bauen. Alles, was dabei hilft, unterstützen wir. Es gibt aber auch Menschen, die freiwillig auf der Straße leben. Für sie hält die Stadt im Winter Übernachtungsmöglichkeiten bereit, aber nicht alle nehmen dieses Angebot an. Das ist die freie Entscheidung dieser Menschen und wir müssen das respektieren.

KATJA SUDING
Politikerin, FDP

Dürfen Arme klauen, wenn keiner ihnen Geld gibt und sie selbst nichts mehr haben?

ANTHONY

Lieber Anthony! Du fragst einen, der schon dreimal beklaut worden ist. Es ist ein Unterschied, ob jemand aus Gier und Habsucht oder aus verzweifelter Notlage klaut, Mundraub begeht, Selbstjustiz übt. Wer klaut, muss aber wissen, dass er oder sie in jedem Fall durch das eigene unwürdige Verhalten die Würde eines anderen, eines ihm meist unbekannten Mitmenschen, verletzt, und das tut in der Regel den Beklauten weh. Denn es schmerzt sie nicht nur der erlittene Verlust, sondern auch, dass von ihnen erwartet wird, Nächstenliebe zu üben und zu leiden, ohne zu klagen. So ist es mir ergangen, aber ich konnte mit dem Schmerz leben, indem ich mir sagte: Nichts und niemand ist ein hoffnungsloser Fall. Es gilt, den Armen zu ihrem Recht zu verhelfen und so zu ermöglichen, dass sie nicht klauen müssen, sondern ein Leben führen können, das der Würde des Menschen entspricht.

PROPST* EM. HELMER-CHRISTOPH LEHMANN
Evangelischer Pastor

Lieber Anthony, klauen ist nicht gut. Du willst ja auch nicht, dass jemand deine Lieblingspuppe oder dein Lieblingsauto klaut. Aber wenn arme Menschen so richtig Hunger und nichts zu essen haben, kann man manchmal verstehen, wenn sie vielleicht auch mal stehlen. Leider ist unsere Welt nicht immer gerecht und es gibt echt zu viele Menschen, die Hunger haben. Wer in Deutschland lebt, dem geht es im Vergleich zu vielen Menschen, die in Afrika leben oder die vor dem Krieg fliehen, besser. Das Problem beim Diebstahl ist: Einer leidet immer darunter. Anders wäre es, wenn du jemanden kennst, der keine Spielsachen hat, und du ihm freiwillig dein Lieblingsauto schenken würdest. Teilen ist gut gegen Armut. Besonders die, die sehr viele Sachen und Geld haben, sollten davon etwas abgeben. Ganz wenige Menschen haben ganz viel, aber ganz viele Menschen haben ganz wenig oder gar nichts. Das ist natürlich nicht gerecht. Hier kann jeder von uns etwas tun. Auch du, lieber Anthony, kannst mithelfen, indem du selber mit anderen teilst. Papst Franziskus sagt auch immer wieder, dass wir Armen mehr helfen sollen. Denn dann gibt es auch weniger Leute, die klauen.

BISCHOF FRANZ-JOSEF OVERBECK
Katholischer Bischof

Nein, du sollst nicht stehlen, so steht es schon in den Zehn Geboten in der Bibel. Aber: Essen ist ein Grundbedürfnis, welches allen Menschen auf der Welt und speziell in Deutschland zukommen muss. Ich glaube, es gibt zum Glück in Deutschland genug Einrichtungen, bei denen jeder etwas zu essen bekommen kann (Tafeln*, Kirchen usw.). Im Moment läuft eine tolle Kampagne: »Es reicht! Für alle« – dabei geht es darum, dass genug Lebensmittel vorhanden sind, sie aber nicht gut verteilt sind. Wir alle sollten sorgsam mit Lebensmitteln umgehen.

TOBIAS SCHULZ
Geschäftsführer einer Bäckerei, *BrotRetter**

Das ist eine knifflige Frage. Die Antwort wäre einfach, wenn es nur darum ginge, was rechtlich erlaubt oder verboten ist. Denn Diebstahl ist gesetzlich verboten und wird meist durch staatliche Institutionen (wie Polizei und Gerichte) mit Sach- und manchmal sogar Gefängnisstrafen geahndet. Das Diebstahlverbot gilt zunächst einmal unabhängig davon, wie dringend der Dieb den Gegenstand – zum Beispiel etwas Essbares oder Geld für eine Fahrkarte – benötigt. Doch wenn es um das moralisch Erlaubte geht, dann darf man schon fragen, warum es verwerflich sein soll, wenn diejenigen, denen es am Allernötigsten fehlt, von reichen Personen oder Firmen etwas nehmen, um damit grundlegende Bedürfnisse zu befriedigen. Warum sollte etwa eine Person Tadel verdienen, die Lebensmittel aus dem Supermarkt eines großen Konzerns* mitgehen lässt, um damit ihren Hunger oder Durst zu stillen? Andere Fälle können allerdings problematischer sein, insbesondere dann, wenn die vom Diebstahl Betroffenen unter nicht vertretbaren Konsequenzen zu leiden hätten. Von anderen Armen sollten Arme zum Beispiel nichts stehlen. Solche Beispiele zeigen einerseits, dass rechtliche und moralische Regeln nicht immer im Einklang stehen. Und sie zeigen darüber hinaus, wie wichtig es ist, es durch Spenden an Hilfsorganisationen und durch Reformen staatlicher Institutionen möglichst gar nicht so weit kommen zu lassen, dass Menschen aufgrund von Armut in die Illegalität* gedrängt werden.

DR. VALENTIN BECK
Philosoph

Nein, die Erhaltung der Würde hat mit Armut nichts zu tun.

JENS WRAGE
Vorstandsvorsitzender *Hamburger Tafel**

Sterben Arme schneller und wäre es okay? ANTHONY

Lieber Anthony, dass jemand wegen Armut stirbt, ist überhaupt nicht okay! Leider ist es aber nicht selten so, sogar in unserem reichen Land Deutschland. Auch hier bei uns gibt es viele Menschen, die nicht wie du und ich einfach zum Arzt gehen können, wenn sie krank sind. Arme Menschen werden eher krank, weil sie sich nicht ausreichend und gesund ernähren können, weil sie oft einsam sind oder oft nicht wissen, wie es in ihrem Leben weitergehen soll. Viele Kinder leben in Deutschland in armen Verhältnissen und in schlechten Wohnungen. Ihre Eltern haben dann oft nicht genug Geld, um mit ihnen in Urlaub zu fahren oder sie in einem Sportverein anzumelden. Die Kinder bekommen daher nicht genug Bewegung, ernähren sich auch nicht richtig und das macht sie krank. Es ist für Menschen, die ihre Arbeitsstelle, ihre Familie oder ihre Wohnung verloren haben, sehr schwer, nicht zu verzweifeln und den Lebensmut nicht zu verlieren. Wer dann nicht mehr auf seine Gesundheit achten kann, stirbt deswegen oft früher. Als Kirche helfen wir übrigens armen Menschen so gut wie möglich, damit sie nicht krank werden oder zumindest schneller wieder gesund werden.

BISCHOF FRANZ-JOSEF OVERBECK
Katholischer Bischof

ERLEDIGT

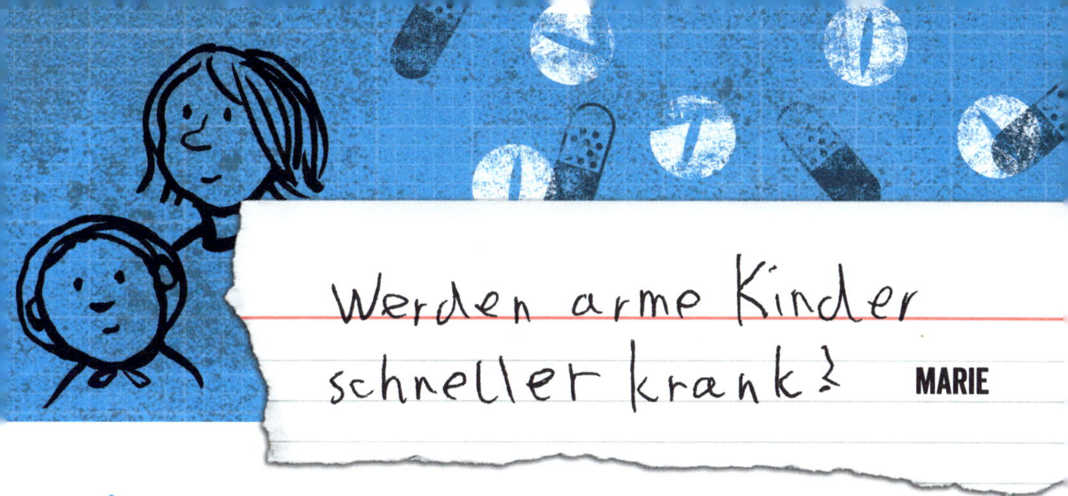

Werden arme Kinder schneller krank?

MARIE

Arme Kinder werden leider häufiger krank als Kinder, die nicht arm sind. Das gilt sowohl für körperliche als auch für seelische Krankheiten. Körperliche Krankheiten treten besonders dann auf, wenn die häuslichen Lebensbedingungen armer Kinder durch Schmutz, Kälte und schlechte Ernährung gekennzeichnet sind. Eine häufige körperliche Erkrankung bei armen Kindern in Deutschland ist Übergewicht – so verrückt das klingt. Das hat etwas damit zu tun, dass sich arme Familien schlechter ernähren, sie essen oft Lebensmittel, die billiger sind und viel Fett und Kohlenhydrate enthalten, wie z. B. Chips. Seelische Krankheiten sind bei armen Kindern häufiger, weil es oft auch ihren Eltern nicht so gut geht, zum Beispiel weil sie arbeitslos und deshalb häufiger traurig (depressiv) oder auch alkoholkrank sind. Das führt dann auch bei den Kindern zu mehr Traurigkeit und Depressionen. Darüber hinaus werden arme Kinder in der Schule oft nicht so gut gefördert und haben dann schlechtere Noten.

PROF. DR. MED. MICHAEL SCHULTE-MARKWORT
Kinder- und Jugendpsychiater

Wie fühlen sich Kinder in Armut?

TANJA

Kinder in Armut fühlen sich immer dann, wenn sie in einem liebevollen Familienleben aufwachsen, nicht anders als andere Kinder. Das Wichtigste im Leben eines jeden Kindes ist das Gefühl, geliebt und geachtet zu werden. Die Armut wird dann das erste Mal bedeutsam für arme Kinder, wenn sie einen Vergleich mit anderen Kindern erleben, die mit mehr Spielzeug spielen können, in größeren Wohnungen oder Häusern leben und Besseres zum Anziehen haben. Das erleben Kinder in der Regel zum ersten Mal, wenn sie im Kindergarten sind oder in die Schule kommen. So, wie sich Geschwister oft miteinander vergleichen (»Mein Bruder/Meine Schwester darf viel mehr als ich ...«), so nehmen alle Kinder irgendwann Unterschiede zu anderen wahr. Dann kommen sie nach Hause und fragen: »Warum hat mein Freund viel mehr

Spielsachen als ich?« Eltern in armen Familien müssen dann sagen: »Weil wir nicht so viel Geld haben.« Oft sind Eltern dann traurig, weil sie ihren Kindern natürlich gerne mehr bieten würden. Auch die Kinder sind oft erst einmal traurig. Wenn sie in einer glücklichen Familie leben und liebevolle Eltern haben, vergessen sie schnell wieder, dass sie arm sind. Bis sie das nächste Mal wieder reichere Kinder erleben ... Wenn die Kinder älter werden, lernen sie, immer besser mit ihrem Neid zu leben. Dieser Neid ist normal und lässt sich nicht verhindern. Die Kinder können nur immer wieder getröstet werden dadurch, dass sie wissen: Geld alleine macht nicht glücklich.

PROF. DR. MED. MICHAEL SCHULTE-MARKWORT
Kinder- und Jugendpsychiater

Sind reiche Kinder mit ihrem Leben zufrieden? NELE

Es ist nicht ganz leicht, eine allgemeingültige Definition von Reichtum zu geben. Kinder, die sich viel leisten können und von sich sagen: »Ich habe eigentlich alles, was ich brauche«, sind meistens zufrieden. Allerdings hängt auch dies sehr davon ab, wie stark sie sich geliebt fühlen. Reiche Familien, in denen es viel Streit gibt, oder reiche Eltern, die sich scheiden lassen, sind für ihre Kinder immer eine Belastung. Da nützt es nichts, wenn man alles hat.

PROF. DR. MED. MICHAEL SCHULTE-MARKWORT
Kinder- und Jugendpsychiater

Wie können arme Kinder überhaupt lernen? YUNA

Liebe Yuna, deine Frage ist schon ein guter Hinweis darauf, dass man besondere Bedingungen braucht, um überhaupt lernen zu können. Dazu gehört als Erstes sicherlich, dass Kinder gut ernährt und gesundheitlich versorgt sein müssen, damit sie sich konzentrieren können. Als Zweites – das gilt für alle Kinder gleichermaßen – dürfen sie durch ihre häuslichen Bedingungen innerlich nicht so mitgenommen sein, denn dann ist das Lernen kaum möglich. Mit anderen Worten brauchen »arme« Kinder wie auch Kinder, die nicht unter Armut leiden, eine Umgebung der Zuwendung und Wertschätzung und auch eine gewisse äußere Sicherheit, um gut lernen zu können. Es ist deshalb oft ganz wichtig, die Eltern zu unterstützen, um den Kindern einen Erfolg in der Schule zu ermöglichen. Dazu kommt dann als Drittes, dass Kinder, deren Familien kaum Geld haben, praktische Unterstützung brauchen, etwa gute Arbeitsmaterialien oder die Finanzierung von Nachhilfe und Freizeitaktivitäten, die für andere selbstverständlich sind und die das Lernen fördern wie zum Beispiel Besuche von Sportvereinen, Kunst- und Musikkursen, Museen, Konzerten usw.

BIRGIT OHNESORGE
Gymnasial-Lehrerin

Wie viele Obdachlose gibt es in Deutschland?

LENI

Leider gibt es bislang keine Statistik der Bundesregierung darüber, wie viele Menschen in Deutschland obdachlos sind. Doch die »Bundesarbeitsgemeinschaft Wohnungslosenhilfe« geht von rund 335.000 Wohnungslosen aus, darunter 29.000 Kinder. Das sind sehr viele Menschen. Das ist ein Drittel mehr als noch vor fünf Jahren. Bis 2018 könnte diese Zahl sogar auf 536.000 wohnungslose Menschen ansteigen. Nicht alle diese Menschen leben auf der Straße. Viele sind auch auf Kosten des Staates in Heimen untergebracht oder wohnen bei Verwandten. Armut und persönliche Schicksalsschläge sind die Hauptgründe dafür, dass so viele Menschen sich keine eigene Wohnung leisten können. Viele Menschen wurden obdachlos, nachdem sie ihren Arbeitsplatz verloren

haben oder krank wurden und die Miete nicht mehr zahlen konnten. Andere – vor allem Frauen und Kinder – stehen auf der Straße, weil sie vor Gewalt in der Familie fliehen, aber sich keine eigene Wohnung leisten können. Ein großes Problem sind die steigenden Mietkosten. Viele Vermieter nehmen gar keine armen Leute mehr in ihre Wohnungen, sondern richten Luxuswohnungen für die Reichen ein, weil sich damit viel Geld verdienen lässt. Aber es werden viel zu wenige günstige Wohnungen für arme Menschen und Familien gebaut. Hier müssen die Politiker endlich handeln, denn Wohnen ist ein Menschenrecht, das für alle gelten muss.

ULLA JELPKE
Politikerin, Die Linke

Wie viele Obdachlose gibt es in Hamburg?

ERIC

Die Wohlfahrtsverbände schätzen die Zahl der Menschen auf der Straße auf 2000, hinzu kommen noch 3500 Personen, die keine eigene Wohnung haben. Sie leben in Unterkünften, die ihnen die Stadt Hamburg zur Verfügung stellt. Viele haben in den Unterkünften nicht einmal ein eigenes Zimmer.

STEPHAN KARRENBAUER
Sozialarbeiter bei *Hinz&Kunzt**

Wie viele Obdachlose können versorgt werden? **ERIC**

Die Versorgung mit Essen und Kleidung ist in Hamburg nicht das große Problem. Was fehlt, sind Duschen in ausreichender Zahl. Es kommt vor, dass Obdachlose Stunden warten müssen, bis sie einen Duschplatz erhalten. Auch die ärztliche Versorgung lässt zu wünschen übrig: Wir haben in Hamburg gerade mal 20 Plätze für erkrankte Obdachlose, die aber nicht so krank sind, dass sie ins Krankenhaus müssen. Ich meine damit Krankheiten wie etwa eine starke Erkältung. Jeder weiß, dass man ins Bett gehört, wenn man Fieber hat. Hat jemand keine Wohnung, dann hat er auch kein Bett, in das er sich legen kann. So kann sich eine Erkältung zur Lungenentzündung entwickeln, an der man auch sterben kann. Im Winter besteht für 1000 Obdachlose die Möglichkeit, zumindest die Nacht in einer Unterkunft zu verbringen. Aber die Versorgung müsste so sein, dass jeder Obdachlose, der es möchte – und das sind fast alle –, eine dauerhafte Unterkunft bekommt. Ohne Unterkunft werden die Menschen krank. Sie können nicht richtig schlafen und sich nie wirklich erholen. Jeder weiß, wie schlecht man drauf ist, wenn man nicht gut geschlafen hat. Besteht der Schlafmangel über Jahre, wird man ernsthaft krank.

STEPHAN KARRENBAUER
Sozialarbeiter bei *Hinz&Kunzt**

rooaaarrr

Wie haben Sie einen guten Job bekommen?

KEREM, SAHEL

Bei mir war das komisch. Zuerst habe ich studiert und bin Lehrerin geworden – da hatte ich natürlich einen guten Job. Aber dann musste ich damit aufhören, weil ich zwei Kinder adoptiert habe, und früher durfte man dann nicht mehr arbeiten. Darum habe ich angefangen, Kinderbücher zu schreiben. Und der Grund dafür, dass das klappt, ist, glaube ich, dass ich als Kind so viel gelesen habe. Das war sozusagen meine Ausbildung. Ich glaube, ohne eine gute Ausbildung kann man auch nur schwer einen guten Job kriegen – auch wenn diese Ausbildung dann manchmal etwas ganz Merkwürdiges sein kann!

KIRSTEN BOIE
Autorin

Ich habe mich, als ich jung war, auf meine Leidenschaft konzentriert. Das ist Musik. Mit großer Hingabe und etwas Glück konnte ich mein Hobby zum Beruf machen. Ich mache also Musik. Das bedeutet, ich rappe und singe und ich produziere Songs für andere Künstler.

SAMY DELUXE
Musiker

Ich hatte das Glück, dass ich mein Hobby zum Beruf machen konnte. Basketball hat mir schon immer eine Menge Spaß gemacht. Und Spaß ist ein klarer Wegweiser für einen guten Job ;)

DIRK NOWITZKI
Profi-Basketballer in den USA

Ich habe das, was mir Spaß macht und meine Leidenschaft ist, verfolgt. So ist, mit ein bisschen Glück, ein Job entstanden, der Sinn hat und mir sehr viel Freude bereitet. Mein Tipp ist: Macht das, was euch Spaß macht und sinnvoll ist!

BENJAMIN ADRION
Initiator von *Viva con Agua**

Ich bin nach meiner Zeit an der Universität Basketballprofi geworden. Ich habe es leider nicht in die amerikanische Profiliga NBA geschafft, aber ich habe weiter an mir gearbeitet und bin jetzt seit 10 Jahren Profi.

ROBERT FERGUSON
Basketball-Spieler, Hamburg Towers

Durch harte Arbeit konnte ich mein Hobby zum Beruf machen. Fleiß und Disziplin sind essenziell für Erfolg im Beruf!

ANTHONY CANTY
Basketball-Spieler, Hamburg Towers

Wie und wann sind Sie reich geworden? KARL

Durch einen Zufall: Meine damalige Freundin wurde mit dem Medizinstudium fertig und bat mich, ihr bei den Versicherungsangelegenheiten zu helfen. »Du bist doch Ökonom und ein kritischer Verbraucher«, meinte sie. Mir hat das dann großen Spaß gemacht und deshalb habe ich auch einige ihrer Freunde beraten. So ist dann die Horbach Wirtschaftsberatung entstanden. Nach 20 Jahren habe ich mein Unternehmen verkauft. Ich habe also viel Glück gehabt, aber entscheidend für meinen Erfolg war, dass es mir viel Freude gemacht hat, Menschen zu beraten.

MICHAEL HORBACH
Stifter*, ehemaliger Unternehmer

Wir waren sechs Kinder und meine Eltern kamen nach dem Krieg mit leeren Händen aus dem Osten, wir hatten kein Auto und kein Geld für einen Familienurlaub. Mit 15 habe ich eine kaufmännische Ausbildung in der grafischen Industrie begonnen, anschließend hatte ich das Glück, in einem der Druckerei angeschlossenen Buchverlag in verschiedenen Funktionen arbeiten zu können. Nach dem Konkurs dieser Firma habe ich 1983 mit fünf Kollegen einen eigenen Verlag gegründet. Der durchgehende Erfolg dieses Unternehmens hat mir über einen Zeitraum von mehr als 20 Jahren ein Einkommen ermöglicht, das zu einem Vermögen oberhalb der Millionengrenze angewachsen ist.
Ich kenne nicht das Gefühl, arm oder reich zu sein. Ich habe in meinem Leben immer mehr Geld gehabt, als ich ausgegeben habe. Als Kind habe ich Kartoffeln gesammelt, Tabak gepflückt und Zeitungen ausgetragen, um mehr Geld als das knapp bemessene Taschengeld zu haben. Das hat sich damals genauso gut oder sogar besser angefühlt als das Wissen heute, dass mir das Geld (vermutlich) nicht ausgehen wird.

WERNER HEROLD**
Mitbegründer eines Buchverlages

Ich habe sehr früh angefangen zu arbeiten, da war ich erst elf Jahre alt und hatte das große Glück, beim Rundfunk Hörspiele sprechen zu dürfen. Dabei habe ich sehr viel gelernt. Zum Beispiel, dass ich, obwohl es so viel Spaß gemacht hat, meine Arbeit auch gut machen muss, um weiter beschäftigt zu werden. Und ich habe ein bisschen meine Angst verloren. Angst vor fremden Menschen, davor, etwas nicht gut zu können, Fehler zu machen. Ich war nämlich sehr schüchtern, als ich das erste Mal vor einem Mikrofon stand. Schüchtern einerseits, aber andererseits wollte ich das unbedingt. Mein Traum war es immer, Schauspieler zu werden. Dass ich darüber hinaus auch noch bezahlt wurde, war toll, aber eigentlich nicht so wichtig. Allerdings konnte ich mir mit meinen Gagen (das waren am Anfang 25 Mark, also etwa 12,50 Euro, pro Sendung) mein Taschengeld aufbessern und meine Mutter zu ihrem Geburtstag in ein Konzert einladen.

JENS WAWRCZECK
Schauspieler, Hörbuchsprecher

Sind Sie schon als Kind reich gewesen? PEER

Ich wurde in eine reiche Familie hineingeboren. Das wusste ich aber als Kind nicht. Wir haben nicht so viel anders gelebt als die Familien meiner Mitschüler und -schülerinnen, darum habe ich das nicht gemerkt. Meine Eltern haben beide gearbeitet. Erst später habe ich verstanden, dass ich schon damals reich war: Wir hatten keine Geldsorgen, wir sind jedes Jahr einmal in den Urlaub gefahren, wir hatten genug Platz zu Hause und konnten viele Sachen mitmachen. Andere Dinge wie Streitigkeiten mit den Eltern oder unter uns Geschwistern, Krankheiten oder auch sich unglücklich zu fühlen oder einsam, das hat es bei uns genauso gegeben.

KERSTIN R.
Arbeitet in einer Menschenrechtsorganisation

Wie fühlt es sich an, reich zu sein?

ALMA, ZÜHRE

Für mich ist es das Wichtigste, nicht durch fehlendes Geld eingeschränkt zu sein. Ich hatte nie zu wenig Essen oder zu wenig Kleidung. Hinzu kommt, dass Dinge wie Urlaub, ein großes Zimmer und die Möglichkeit, meine Freizeit so zu gestalten, wie ich es möchte, immer selbstverständlich waren.

FELIX M.
Student

Für mich fühlt es sich normal an. Ich kann mir die Dinge besorgen, auf die ich Lust habe. Ich muss mir keine Sorgen um Finanzielles machen. Das Leben fühlt sich für mich wohl einfacher an, als wenn ich arm wäre.

NOAH P.
Abiturient

Die meisten Menschen, die Kinderbücher schreiben, verdienen ziemlich wenig. Das liegt daran, dass der Autor oder die Autorin nur ein ganz kleines bisschen abbekommt von dem, was ihr in der Buchhandlung für ein Buch bezahlt, meistens so ungefähr 50 Cent (und davon müssen auch noch Steuern gezahlt werden). Das ist eigentlich okay: Der Buchhändler muss ja auch an dem Buch verdienen und der Drucker und der Buchbinder und der Lektor (das ist der Mensch, der die Fehler rauskorrigiert hat – klar, Autoren machen auch Fehler!) und der Illustrator, der die Bilder gemalt hat, und der Fahrer, der die Bücher zur Buchhandlung gefahren hat, und … Da könnt ihr ja selbst mal ausrechnen, wie viele Bücher verkauft werden müssen, damit ein Autor davon leben kann. Und außerdem gibt es so viele Kinderbücher in den Buchhandlungen, da hat man als Autor sowieso schon Glück, wenn jemand ausgerechnet das eigene Buch kauft. Darum sind viele Autoren also alles andere als reich – manche sind sogar ziemlich arm. Aber ich habe großes Glück: Ich schreibe schon seit mehr als 30 Jahren und habe so viele Bücher geschrieben (im Internet steht, es sind mehr als hundert), dass von mir natürlich auch viel mehr Bücher verkauft werden können als von einer Autorin, die nur ein Buch geschrieben hat. Und darum verdiene ich im Augenblick (das kann sich ja jedes Jahr ändern) sogar mehr, als ich brauche, und das ist ein tolles Gefühl.

KIRSTEN BOIE
Autorin

Der Wunsch, von nichts und niemandem abhängig zu sein, ist bei mir sehr ausgeprägt und hat letztendlich dazu geführt, dass ich reich geworden bin. Als das Einkommen höher wurde, habe ich eben mehr gespart. Ein eigenes Haus habe ich erst mit 40 gekauft, da konnte ich mir das leisten, ohne Schulden* machen zu müssen. Ich könnte mir heute viele Dinge leisten, aber ich brauche sie nicht, um glücklicher zu sein. Einen Pullover für über 300 Euro könnte ich mir deshalb nicht kaufen, weil ich keinen Sinn darin sehe. Unabhängigkeit ist das gute Gefühl, das ich durch meinen Reichtum verspüre.

WERNER HEROLD
Mitbegründer eines Buchverlages

Ich verdiene so viel, dass ich gut davon leben kann. Und ich kann auch noch einige gute Freunde beschäftigen, die durch mich jetzt Geld verdienen.

SAMY DELUXE
Musiker

Es fühlt sich sehr gut an, dass ich mir keine finanziellen Sorgen mehr machen muss, aber Geld ist nicht meine Hauptmotivation. Ich genieße es, dass wir uns schöne Dinge leisten können, wie zum Beispiel tolle Urlaube am Meer. Reich sein hat aber für mich nicht nur mit Geld zu tun, sondern mit allen tollen Dingen, die ich in meinem Leben habe, wie meine Familie, Freunde und Gesundheit.

DIRK NOWITZKI
Profi-Basketballer in den USA

Können Sie sich vorstellen, arm zu sein?

BICELYN

Ich kann mir vorstellen, dass das passieren kann. Ich habe auch schon manche Zeiten mit sehr, sehr wenig Geld und arm gelebt. Das war aber freiwillig, ich wollte das so und ich wusste die ganze Zeit, dass ich im Notfall zum Arzt gehen oder mir eine neue Hose kaufen kann. Deshalb glaube ich, dass ich trotzdem nicht wirklich weiß, wie es ist, arm zu sein.

KERSTIN R.
Arbeitet in einer Menschenrechtsorganisation

Um ehrlich zu sein, kann ich mir nicht vorstellen, arm zu sein. Mir fällt es schwer, mir ein Leben vorzustellen, in dem es nicht möglich ist, mir die Dinge zu beschaffen, die ich brauche.

NOAH P.
Abiturient

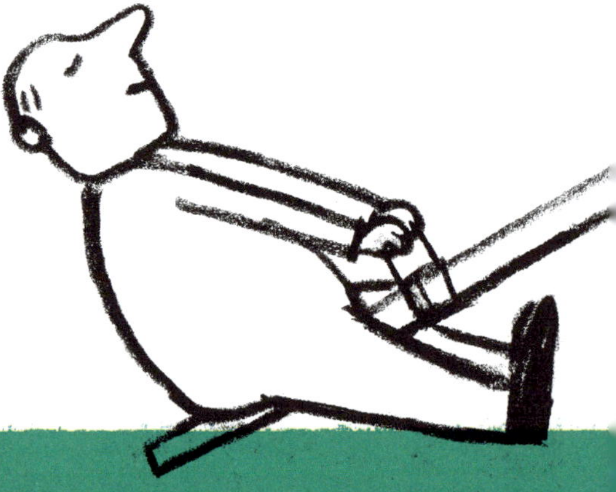

Ich habe schon viel darüber gehört und mich informiert, wie es armen Menschen geht, so wirklich vorstellen kann ich mir das aber nicht. Wenn ich arm wäre, würde ich, denke ich, sobald ich könnte, versuchen, mir ein sicheres Einkommen zu verschaffen.

FELIX M.
Student

Was würden Sie machen, wenn
Sie arm werden würden? **AURORA**

Ich bin mir nicht sicher, ob man sich in einer Situation mit auskömmlichem Einkommen wirklich vorstellen kann, was man tun würde, wenn man – aus welchen Gründen auch immer – plötzlich arm werden würde. Wichtig ist mir, als Vorsorge für ein solches Risiko nicht über meinen Möglichkeiten zu leben. Das heißt erstens: sparen. Zweitens: Verschuldung für Konsum vermeiden und Verschuldung für ein Haus nur im Rahmen des Machbaren. Dann könnte ich erst mal eine Zeit ohne fremde Hilfe auskommen, was mir sehr wichtig wäre, um dann irgendwie, vielleicht auch ganz woanders, neu anzufangen. Theoretisch kann ich mir nicht vorstellen, dauerhaft arm zu sein. Ich würde versuchen, selbstständig und frei zu bleiben. Ob das praktisch im Fall der Fälle gelingen könnte, weiß ich nicht, bin aber optimistisch.

PROF. DR. MICHAEL HÜTHER
Wirtschaftsforscher und Institutsdirektor

Dies ist eine sehr schwierige Frage! Ich würde versuchen, Arbeit zu finden, um wenigstens meine Grundbedürfnisse decken zu können.

TOBIAS SCHULZ
Geschäftsführer einer Bäckerei, *BrotRetter**

Ganz viele Jahre in meinem Leben war ich eigentlich arm. Ich habe das damals nur nicht gemerkt. Als ich ein Kind war (das war nach dem Zweiten Weltkrieg, davon habt ihr vielleicht schon gehört), hatten meine Eltern ganz wenig Geld: Wir hatten kein Telefon und keinen Kühlschrank und keinen Fernseher und keine Waschmaschine. (Computer und Handys gab es ja sowieso noch nicht.) Und meine Kleider hat zuerst meine Cousine Monika getragen, dann Ulrike, dann Katrin und dann ich. Süßigkeiten gab es nur einmal im Monat, wenn mein Vater sein Geld bekommen hat. Und am Ende des Monats haben wir mittags oft »Schmunke« gegessen, das war süßer Kornkaffee, in den Schwarzbrot gebröselt wurde. Das würde man doch heute vielleicht arm nennen, oder? Aber es hat sich für mich nicht so angefühlt, sondern ganz normal. Und ich fand mein Leben toll, ich habe ganz viel gespielt und ganz viel gelesen und dabei konnte ich mir ja so viele spannende Dinge vorstellen, die ich selbst nicht erlebt habe. Als ich dann studiert habe, hatte ich wieder überhaupt kein Geld, ich musste mir jeden Pfennig (damals hieß das noch nicht Cent) nebenbei selbst verdienen. Da habe ich in einem ganz winzigen Zimmer in einem Altersheim gewohnt (ehrlich!) und es gab wieder kein Telefon und keinen Kühlschrank und keinen Fernseher und keine Waschmaschine. (Computer und Handys gab es noch immer nicht.) Aber ich fand mein Leben toll, weil ich viele Freunde hatte und mein Studium spannend fand. Darum glaube ich, wenn ich arm werden würde, würde das schon auch irgendwie klappen, solange ich nur genug zu essen und ein warmes Zuhause und genügend Freunde und Bücher hätte. Ich finde es sehr ungerecht, dass manche Menschen bei uns arm und andere schrecklich, schrecklich reich sind. Und ich finde, alle Menschen sollten genug Geld haben für ein Leben, bei dem man auch mal in Urlaub fahren kann und keine Angst davor haben muss, was man bloß tun soll, wenn die Waschmaschine kaputtgeht. Aber ich glaube nicht, dass man reich sein muss, um glücklich zu sein. Viele reiche Menschen sind ja überhaupt nicht glücklich und andere, die viel weniger – aber genug, das ist wichtig! – haben, sind es. Einfach, weil es ihnen nicht darauf ankommt, wie viel sie besitzen, sondern, wie sie leben. Sie brauchen keine Markenklamotten und keine teuren Autos und keinen teuren Schmuck. Darum glaube ich: Man braucht nicht viel, aber genug Geld. Und ich wünsche mir einfach, dass das bei mir immer klappt. Aber wenn ich ärmer wäre, würde ich das, glaube ich, auch wieder hinkriegen.

KIRSTEN BOIE
Autorin

Da ich in einer eher armen Familie groß geworden bin – mein Vater war ein Bauarbeiter –, weiß ich, was es heißt, mit wenig Geld auszukommen. Es würde mir gelingen, da ich auf Statussymbole auch jetzt schon verzichte. Aus Umweltgründen habe ich kein Auto und fahre viel mit meinem Fahrrad. Das ist zudem gesünder.

MICHAEL HORBACH
Stifter*, ehemaliger Unternehmer

Ich glaube, ich würde das Gleiche machen wie jetzt: Musik. Das ist eben meine Leidenschaft. Vielleicht wäre ich dann Straßenmusikant und hätte kein schickes Auto mehr.

SAMY DELUXE
Musiker

Ich bin sehr dankbar, dass es mir gut geht. Meine Eltern mussten hart arbeiten, um über die Runden zu kommen und ihre vier Kinder zu ernähren. Daher bin ich recht bescheiden aufgewachsen und weiß, dass ich auf viele Dinge, die ich habe, im Ernstfall verzichten könnte. Auf Freunde nicht. Aber was genau ich machen würde, wenn es mir plötzlich ganz schlecht ginge, kann ich nicht hundertprozentig wissen. Ich hoffe, dass mir immer irgendetwas einfallen würde, um wieder auf die Beine zu kommen, und dass meine Fantasie mir im Leben immer eine Tür öffnet – so wie es ja auch in meinem Beruf ist. Und natürlich hoffe ich, dass ich auf meine Freunde zählen kann. Man darf nicht aufgeben und man muss zusammenhalten. Das ist wichtig.

JENS WAWRCZECK
Schauspieler, Hörbuchsprecher

Haben Sie Mitleid mit den Armen?

JULI, MALAIKA, TARIK

Ich habe oft Mitleid mit Menschen, die arm sind oder in schlimmen Verhältnissen leben. Für mich ist es wichtig, sich auf Augenhöhe zu begegnen – dem Bettler einen Euro in seinen Pappbecher zu werfen und an Weihnachten an eine Organisation wie etwa *Brot für die Welt* zu spenden ist toll – aber man kann mehr machen! Ich spreche manchmal einfach mit Obdachlosen und frage, wie sie in diese Lage gekommen sind. Außerdem gebe ich ihnen Informationen, wo Lebensmittel, Unterkünfte und Rechtsberatungen zu finden sind. Ein warmer, herzlicher Kontakt ist manchmal viel mehr wert als Geld.

FLORIAN GÖSSELE
*Foodsharing**-Botschafter

Ich glaube, ich kann die Situation nachvollziehen. In meiner Jugend – das war kurz nach dem Krieg – waren viele in dieser Lage. Aber das war leichter zu ertragen, denn es hatten ja fast alle sehr wenig. Armut heute, in Zeiten des Überflusses, trifft die Armen heftiger. Sie sehen Nachbarn, Freunde und andere Familien, die sich scheinbar alles erlauben können. Ich fühle mit den Armen. Wir von der *Hamburger Tafel** unterstützen ehrenamtlich Bedürftige und bewahren Lebensmittel vor der Vernichtung. Durch unsere Lebensmittel, die kostenfrei ausschließlich an Bedürftige abgegeben werden, bleibt ihnen vom knappen Geld etwas übrig. Dann können sie sich auch mal etwas Besonderes leisten, Eis essen gehen oder ins Kino oder etwas Ähnliches.

JENS WRAGE
Vorstandsvorsitzender *Hamburger Tafel**

Was denken Sie, wenn Sie Arme sehen? JULI

Das ist eine schwierige Frage! Es ist ja auch nicht immer auf den ersten Blick ersichtlich ist, wer ein armer Mensch ist und wer nicht. Es gibt einige Menschen, die viel Geld haben und trotzdem sehr arm sind, wenn sie zum Beispiel keine Freunde oder Familie haben und darum unglücklich sind. Auch ohne viel Geld kann ein Mensch reich an persönlichen Gütern sein.

BENJAMIN ADRION
Initiator von *Viva con Agua**

Wenn ich Arme sehe, frage ich mich meistens, wie sie in diese Lage gekommen sind – was passiert ist, ob sie selbst Schuld an ihrer Armut haben und falls nicht, wer dann.

FELIX M.
Student

Ich denke nicht viel, wenn ich Arme sehe. Ich sehe jeden Menschen gleich an und ich würde mich eher schlecht fühlen, wenn ich einen Menschen nur wegen seiner Armut anders behandeln würde. Anders ist es aber bei armen Menschen, die versuchen, Geld auf illegale Weise zu kriegen, wie zum Beispiel durch Diebstahl. Auch penetrante Bettler, die einen regelrecht dazu zwingen, Geld zu spenden, sehe ich in einem schlechten Licht.

NOAH P.
Abiturient

Natürlich wünsche ich mir, dass alle Menschen genug Geld haben, um davon gut leben zu können. Deshalb mache ich mir viele Gedanken: Wie kann das gelingen? Wie bilden wir jeden so gut aus, dass er oder sie einen Job findet? Und wie entstehen genügend Arbeitsplätze? Wenn ich armen Menschen begegne, dann bin ich dankbar dafür, dass es meiner Familie und mir gut geht. Aber ich weiß auch, dass Geld alleine nicht glücklich macht.

KATJA SUDING
Politikerin, FDP

Ich habe Mitgefühl und versuche den Menschen zu helfen.

ANTHONY CANTY
Basketball-Spieler, Hamburg Towers

Was machen Sie, wenn Sie Arme sehen?

MALAIKA, TARIK, JULI

Viele Menschen in Deutschland können sich kaum Lebensmittel leisten – dabei wird über ein Viertel der Lebensmittel weggeworfen! Wir von *Foodsharing** wollen diese Verschwendung nicht mitmachen. Wir holen Lebensmittel ab, die noch essbar sind, und verhindern so, dass Essen in der Tonne landet. Jede und jeder kann mitmachen und Lebensmittel abholen.

FLORIAN GÖSSELE,
*Foodsharing**-Botschafter

Durch die Trinkwasserprojekte, die *Viva con Agua** in verschiedenen Ländern fördert, wird vielen Menschen der Zugang zu Wasser und Toiletten ermöglicht. Dies passiert aber nicht durch *Viva con Agua** alleine! Die Menschen, die kein Wasser haben, übernehmen in den Projekten Verantwortung und lernen sich selbst zu helfen. Dadurch helfen und unterstützen wir sie am besten.

BENJAMIN ADRION
Initiator von *Viva con Agua**

Ich versuche ihnen zu helfen. Häufig kann man mit Essen oder auch mit Kleidung helfen. Ich habe schon oft Kleidung für Bedürftige gespendet.

ROBERT FERGUSON
Basketball-Spieler, Hamburg Towers

Geben Sie etwas von Ihrem Geld ab? Wenn ja, wem? ZEHRA

Ja, das mache ich gerne. Ich gebe Geld ab für Leute, die ich kenne und die in einer Notlage sind. Außerdem gebe ich Geld, damit Kinder, die nicht so ein Glück hatten wie ich, mehr Möglichkeiten bekommen. Meine Arbeit beschäftigt sich mit Armut in anderen Ländern. Deshalb teile ich auch mein Geld mit Leuten und Organisationen, die sich bemühen, diese Situation zu ändern und dabei zu helfen, dass es nicht mehr so viel Armut gibt.

KERSTIN R.
Arbeitet in einer Menschenrechtsorganisation

Schon als Unternehmer habe ich jedes Jahr 10 Prozent des Gewinns für soziale Projekte gespendet. Nach dem Verkauf meiner Firma habe ich der Stiftung *Menschen für Menschen* von Karlheinz Böhm eine Million D-Mark gespendet. Mit ihm habe ich auch seine Projekte in Äthiopien besucht. Daraus ist eine enge Freundschaft bis zu seinem Tod entstanden. Zudem habe ich eine eigene Stiftung* gegründet, die *Michael Horbach Stiftung*, die notleidende Menschen und Künstler unterstützt. Für Afghanistan habe ich in den letzten Jahren über den afghanischen Frauenverein zehn Brunnen gespendet, außerdem unterstütze ich durch meine Mitgliedschaft *Greenpeace, Amnesty International, Oxfam** und *Attac*. Mein Zauberwort heißt »teilen«. Wer als Reicher nur an sich denkt, ist in Wirklichkeit ein armer Mensch, denn er versteht nicht, dass man sich durch immer mehr Autos, Häuser und teure Klamotten keine Zufriedenheit und kein Glück erkaufen kann. Andauerndes Glück bekommt man nur, wenn man anderen Menschen Freude bereitet und ihnen ein menschenwürdiges Leben ermöglicht.

MICHAEL HORBACH
Stifter*, ehemaliger Unternehmer

Ich habe eine Stiftung* in Dallas und eine in Würzburg gegründet, um Verantwortung in der Gesellschaft zu übernehmen. Ich möchte gerne Kinder und Jugendliche dabei unterstützen, auch unter schwierigen Bedingungen aus sich heraus durchzustarten im Leben. Der Teamsport kann dabei helfen.

DIRK NOWITZKI
Profi-Basketballer in den USA

Zusätzlich zu den Jobs, die ich geschaffen habe, habe ich einen Verein gegründet. Der heißt *DeluxeKidz e.V.* und bietet coole Freizeitmöglichkeiten für Kinder und Jugendliche an. In den Kursen können sie Singen, Tanzen, Rappen und Graffitimalen lernen.

SAMY DELUXE
Musiker

Ja, ich spende Geld, zum Beispiel an Wohltätigkeitsorganisationen, oder ich gebe etwas ab, indem ich Freunde zum Essen einlade. Es ist zwar nicht viel, aber hätte ich selbst mehr Geld, dann würde ich auch mehr spenden.

NOAH P.
Abiturient

Natürlich. Ich teile gern, das vervielfacht die Freude. Ich unterstütze Organisationen, die sich dafür einsetzen, dass Menschen in Not geholfen wird. Meinen Freunden und Bekannten helfe ich natürlich auch, wenn es mal eng wird. Ist doch selbstverständlich, oder?

JENS WAWRCZECK
Schauspieler, Hörbuchsprecher

Meine Familie spendet seit Jahren monatlich etwas Geld an Kinder aus armen Ländern. Ich selbst würde auch gern mehr unterstützen, finde jedoch selten die richtige Möglichkeit und komme kaum dazu. Außerdem bin ich überzeugt, dass armen Menschen auch mit anderen Mitteln als Geld geholfen werden kann, zum Beispiel mit Offenheit und praktischer Unterstützung.

FELIX M.
Abiturient

Wem würden sie nichts abgeben und warum? **BARAN**

Ich würde Personen nichts abgeben, die offensichtlich die Möglichkeit haben, sich selbst zu helfen. Jeder sollte zunächst versuchen, sich aus einer schweren Situation zu befreien. Gerade junge, gesunde Menschen haben oftmals die Möglichkeit, ihr Leben selbst zu verändern.

BENJAMIN ADRION
Initiator von *Viva con Agua**

Ich glaube, dass ich Menschen immer etwas geben würde, nachdem ich mich genau mit der Frage auseinandergesetzt habe, weshalb sie Geld haben möchten. Einige Einschränkungen würde ich aber vornehmen: kein Geld für Drogen oder Waffen.

TOBIAS SCHULZ
Geschäftsführer einer Bäckerei, *BrotRetter**

Wie viele Schuhe haben Sie?

DANIEL

Acht Paar. Zwei warme, zwei sportliche, zwei zum täglichen Spazierengehen und zwei für besondere Anlässe.

JENS WAWRCZECK
Schauspieler, Hörbuchsprecher

Alles in allem habe ich neun Paar Schuhe. Darunter sind allerdings auch einige Paar Fußballschuhe und andere Sportschuhe.

FELIX M.
Abiturient

Ich besitze sieben Paar Schuhe, zwei Paar Turnschuhe und ein Paar Pantoffeln.

MICHAEL HORBACH
Stifter*, ehemaliger Unternehmer

Ich habe richtig viele Schuhe, vor allem natürlich Sneaker und Basketballschuhe, aber auch ein paar schickere Schuhe, die zu meinen Anzügen passen. Ein Teil meiner Garage ist komplett mit Schuhen zugestellt. Mit meiner Schuhgröße 51 (US-Größe 16) brauche ich dafür schon ein riesiges Regal.

DIRK NOWITZKI
Profi-Basketballer in den USA

Ich habe mehrere Paar Schuhe: zwei Paar Turnschuhe, ein Paar Straßenschuhe, hinzu kommen Anzugschuhe und Fußballschuhe.

NOAH P.
Abiturient

Ich habe nur die Schuhe, die ich anhabe.

DIETER
Straßenzeitungs-Verkäufer

Zwei Paar Schuhe.

VÁCLAV
Lebt auf der Straße

Zwei Paar.

CLYDE
Straßenzeitungs-Verkäufer

Warum sind Sie arm?

ABDUL

Ich bin aus Polen. Mein Mann war Alkoholiker. Der ist jetzt schon tot. Meine drei Kinder haben bei meiner Mutter gelebt. Früher war ich selbstständig. Ich hatte eine Gebäudereinigungs-Firma. Aber das ist alles kaputtgegangen. Wir sind nach Deutschland gegangen. Ich habe die Kinder geholt. Sie sind hier zur Schule gegangen. Dann bin ich krank geworden, an der Wirbelsäule. Sehr lange. Es war ganz schlimm. Da ist meine Welt runtergefallen. Danach war Krieg mit dem Jobcenter. Es war alles zu viel. Ich habe immer nur gedacht: »Was machen? Was machen? Muss leben!« Dann hat eine Bekannte mir etwas von *Hinz&Kunzt** gesagt. Danach wurde alles besser.

ELZBIÈTA
Straßenzeitungs-Verkäuferin

Ich bin aus Tschechien, hab gearbeitet in Österreich. Meine Frau ist gestorben. Ich trinke, aber wenig. Ich habe zwei Kinder. Nach dem Tod der Frau habe ich mein Haus verkaufen müssen. Ich habe als Kraftfahrer 120-Tonner gefahren. Fünf Jahre lang habe ich im LKW geschlafen. Dann hatte ich einen Unfall, ich bin aus dem zweiten Stock gefallen. Der ganze Kopf kaputt. Ein zweimal gebrochenes Bein. Ich war eineinhalb Jahre im Gips. Danach konnte ich nicht mehr arbeiten.

VÁCLAV
Lebt auf der Straße

Ich war schon immer arm. Meine Mutter war arm, hat sechs Kinder großgezogen. Sie war Putzfrau und Witwe. Ich hatte aber eine gute Kinderstube.

DIETER
Straßenzeitungs-Verkäufer

Verkrachtes Elternhaus, Heim, Knast. Typische Karriere.

MICHAEL
Straßenzeitungs-Verkäufer

Wieso haben Sie keine Wohnung?

MEHMET

Vor fünf Jahren habe ich alles verloren. Die Wohnung: Der Vermieter hat uns wegen unserem Hund rausgeschmissen. Dann sind wir ab nach Hamburg, meine Verlobte und ich. Seitdem sind wir auf der Straße. Ich bin Alkoholiker. Seit meiner Ausbildung als Tankwart habe ich nie wieder Arbeit gefunden. Hier in Hamburg ist es sehr schwer, eine Wohnung zu finden. Wir hätten sehr gerne eine.

CLYDE
Straßenzeitungs-Verkäufer

Mit wie vielen Jahren sind Sie obdachlos geworden? **SUDEM**

Vor vier Jahren hatte ich einen Zusammenbruch. Ich war halbtags in der Schulreinigung beschäftigt. Seitdem bin ich körperlich kaputt und kann nicht mehr arbeiten. Ich warte jetzt auf Rente. Bis dahin verkaufe ich Obdachlosenzeitungen.

SONNY
Straßenzeitungs-Verkäuferin

Am 1. April 2012 bin ich krank geworden.
Da war ich 46 Jahre alt.

ELZBIÈTA
Straßenzeitungs-Verkäuferin

Sind Sie manchmal auch glücklich? YELDA

Manchmal, wenn mein Sohn kommt. Überhaupt, wenn meine Kinder nach Hause kommen. Wenn ich den Kindern helfen kann. Ich bin auch glücklich, wenn ich wieder laufen kann mit wenig Schmerzen. Und wenn Sonne ist! Ich war glücklich, als ich in Rom beim Papst war. Ich habe sehr gute Freunde, das macht mich auch glücklich.

ELZBIÈTA
Straßenzeitungs-Verkäuferin

Ja, wenn ich nach Hause komme und meine drei Katzen mich begrüßen und mit mir schmusen.

SONNY
Straßenzeitungs-Verkäuferin

Gibt es in Ihrem Leben Schöne Tage?

JULI

Ja! Wenn es warm ist und die Sonne scheint. Es gibt immer schöne Tage, zum Beispiel, wenn man schöne Musik hört. Obdachlos zu sein bedeutet ja nicht automatisch, unglücklich zu sein.

MICHAEL
Straßenzeitungs-Verkäufer

Nur, wenn ich mit meiner Frau zusammen bin. Wenn ich die nicht hätte, wäre ich schon längst untergegangen. Wir gehen durch dick und dünn.

CLYDE
Straßenzeitungs-Verkäufer

Nicht viele. Meistens nur Stress. So um 1990, da hatte ich eine gute Zeit. Da hatte ich mit meinem Verlobten ein Häuschen. Das war gut.

SONNY
Straßenzeitungs-Verkäuferin

Jeder Tag!! Es kommt ja nur drauf an, was man als schön empfindet. Es gibt Leute, die würden das ganz bestimmt anders definieren als ich.

VINCENT
Geht zu *KIDS**

Wie fühlt sich Armut an?

ZÜHRE, DZENAN, CHRISTIAN

Es fühlt sich so an: Morgens aufstehen, in den Kühlschrank gucken und merken, es ist nichts drin. Wissen, dass man was machen muss, um den Magen voll zu kriegen. Da hat jeder seine Art, das zu machen: Einer geht schnorren*, einer macht 'n Bruch* oder hofft, es kommt einem was zugeflogen.

NIKO
Geht zu *KIDS**

Straße ist richtig nervenaufreibend. Besonders der Krieg mit den Behörden. Ich fühle mich dort nicht ernst genommen. Man muss sehr viel kämpfen. Das kann ich nicht, dazu braucht man ein dickes Fell.

LAURA-ANN
Straßenzeitungs-Verkäuferin

Das ist schwer zu sagen. Ab und zu fühlen wir uns wohl und ab und zu total beschissen.

CLYDE
Straßenzeitungs-Verkäufer

Ich fühle mich nicht arm, aber ich weiß, dass ich es bin. Es kommt aber auch auf den Tag an und auf die Situation. Das ist mal so und mal so. Insgesamt: hilflos.

VINCENT
Geht zu *KIDS**

Jeder hat sein Leben. In meinem Leben gab es alles. Ich war auch sehr reich. Jetzt ist es sehr schwer. Aber ich muss immer weiter. Muss was machen. Kann nicht sitzen und weinen. Muss immer weiter. Ich muss kämpfen. Ich habe Kinder.

ELZBIÈTA
Straßenzeitungs-Verkäuferin

Haben Sie noch Kontakt zu Ihrer Familie? KEREM

Nein, aber warum, das ist zu schwierig, um das hier zu erzählen.

DIETER
Straßenzeitungs-Verkäufer

Nein, ich bin das schwarze Schaf der Familie.

MICHAEL
Straßenzeitungs-Verkäufer

Nein. Aber da sag ich nichts zu.

CLYDE
Straßenzeitungs-Verkäufer

Was machen Sie, wenn Sie allein sind?

MERT

Das ist ganz verschieden. Im Moment wohne ich in einer Kirchenkate*. Ich bin meistens zu Hause. Ich bin viel allein, ich rätsele und gucke fern. Dann trinke ich abends mein Bier.

DIETER
Straßenzeitungs-Verkäufer

Ich bin am Handy, schlafe manchmal ein und denke an viele Sachen.

ALINE
Geht zu *SCHORSCH**

Fernsehen gucken, Handy spielen, mich langweilen.

RUYA
Geht zu *SCHORSCH**

Serien gucken und Süßes essen.

EILEEN
Geht zu *SCHORSCH**

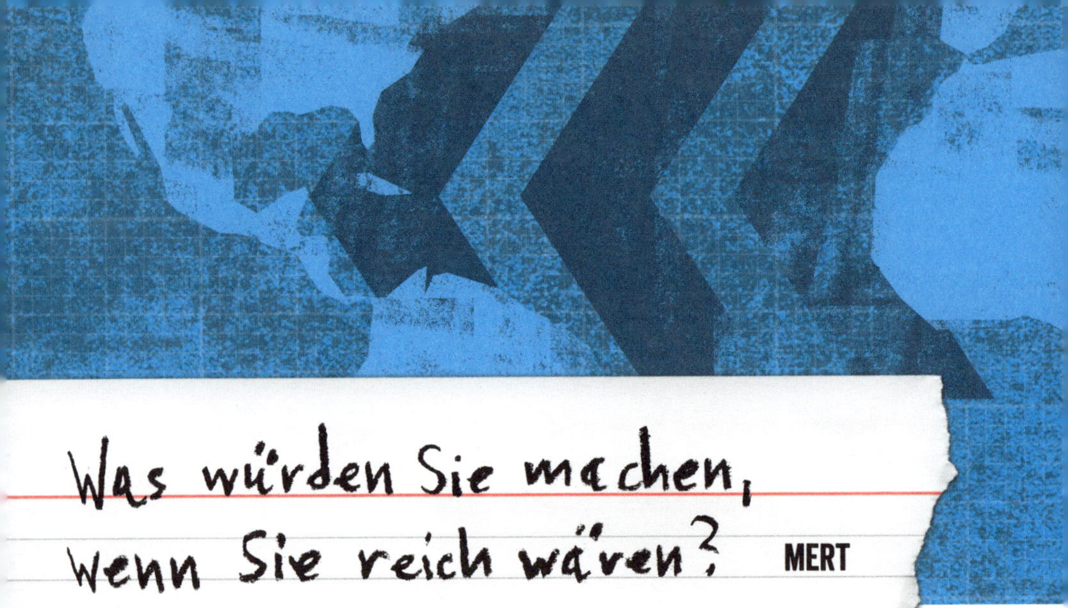

Was würden Sie machen, wenn Sie reich wären? MERT

Ich habe alles. Mit Freunden eine schöne Reise machen. Ein Auto wäre gut. Es ist so schwer mit den Krücken immer in den öffentlichen Verkehrsmitteln. Ach, und einen Garten. Ich liebe Blumen.

ELZBIÈTA
Straßenzeitungs-Verkäuferin

Ich würde ein kleines Häuschen kaufen, ohne Fluglärm, keine beschissenen Nachbarn und ohne laute Straße davor. Mit dicken Wänden und einem Garten mit mindestens 30 Katzen.

SONNY
Straßenzeitungs-Verkäuferin

Sofort alles stehen lassen und zum Flughafen und ab nach Thailand. Alles stehen und liegen lassen ... ist ja nicht viel: nur ein Rucksack. Ab in die Sonne!

MICHAEL
Straßenzeitungs-Verkäufer

Als Erstes armen Kindern helfen. Für ein Kinderdorf oder so Geld spenden, damit die nicht so leben müssen wie wir Obdachlosen. Ich würde auch Obdachlose unterstützen. Ein Haus bauen für die. Sonst nichts. Geld macht nicht glücklich.

CLYDE
Straßenzeitungs-Verkäufer

Wie viel Geld haben Sie im Monat? JULI

30

Nur Grundsicherung, das sind 409 Euro im Monat. Dann kann ich noch *Hinz&Kunzt**-Zeitungen verkaufen. Das ist mal gut und mal schlecht.

CLYDE
Straßenzeitungs-Verkäufer

Hartz IV*, das sind 409 Euro. Und 80 *Hinz&Kunzt**-Zeitungen darf ich verkaufen. Für ungefähr 100 Euro.

MICHAEL
Straßenzeitungs-Verkäufer

31

Dasselbe wie Michael.

DIETER
Straßenzeitungs-Verkäufer

Wie bekommen Sie etwas zum Anziehen?

EFE

Durch Spenden und Kleidersammlungen, zum Beispiel die *Engel der Straße**.

CLYDE
Straßenzeitungs-Verkäufer

Ich bekomme etwas von meiner Cousine oder von meinem Bruder. Manchmal kaufe ich etwas. Ich brauche nichts von der Diakonie.

VÁCLAV
Lebt auf der Straße

Was machen Sie, wenn Sie krank sind? ISE

Zum Arzt gehen. Ich bin versichert. Jeder Hartz IV*-Empfänger ist das.

MICHAEL
Straßenzeitungs-Verkäufer

Woher bekommen Sie Essen? Wo essen Sie?

MALAIKA, CANSU, FURKAN

Vom *KIDS**, da wird gekocht, von der *Tafel** und vom Staat beziehungsweise vom Jugendamt, weil ich in einer Jugendhilfe*-Einrichtung wohne.

VINCENT
Geht zu *KIDS**

Vom billigen Supermarkt. Wenn Winternotprogramm ist, gehe ich dort essen. Ich habe auch einen Gaskocher und kann mir was warm machen.

VÁCLAV
Lebt auf der Straße

Ich esse zu Hause, koche mir immer selber was. Oft Eintopf aus Dosen.

MICHAEL
Straßenzeitungs-Verkäufer

Was ist, wenn Sie jemand ärgert? **IDA**

Dann ärgere ich zurück. Ich habe vor einem halben Jahr jemandem ein Messer in den Bauch gehauen. Vor den Folgen habe ich jetzt Angst. Der hatte mich bedroht und gesagt: »Ich dir hauen, du klein!« Ich wehre mich. Das muss man ja. Es ist gefährlich, auf der Straße zu leben. Wir haben Pfefferspray, Messer. Die Polizei guckt weg. Die wissen, dass wir uns wehren müssen.

MICHAEL
Straßenzeitungs-Verkäufer

Haben Sie einen Freund oder eine Freundin? **ZEHRA, SUDEM**

Liebe? Nee, ich habe noch keine Passende gefunden. Freunde habe ich aber.

MICHAEL
Straßenzeitungs-Verkäufer

Haben Sie Freunde? Wenn ja, wie alt sind sie und sehen Sie sie oft?

LENNERT, SUDEM

Nö! Ich habe keine. Alle sind tot von der Sauferei und Drogen. Ich bin Einzelgängerin. Man hat ja auch schon allerhand erlebt. Meinen Verlobten haben sie totgeschlagen. Das war sogar in der *BILD*-Zeitung und im Fernsehen.

SONNY
Straßenzeitungs-Verkäuferin

Was erwarten Sie von den Politikern?

MATILDA

Ein Umdenken. In Hamburg gibt es viel zu wenige Sozialwohnungen. Der Mieterstattungsbetrag müsste viel höher sein, davon kann man keine Wohnung bezahlen.

LAURA-ANN
Straßenzeitungs-Verkäuferin

Was machen Sie den ganzen Tag? ANNELIE

Zeitungen verkaufen am Verkaufsplatz. Essen gehen, zum Beispiel im *Herz As** oder *CaFée mit Herz**, duschen gehen, Wäsche waschen und so weiter, dann ist der Tag gelutscht.

MICHAEL
Straßenzeitungs-Verkäufer

Entweder Zeitungen verkaufen, Pfandflaschen sammeln, rumgammeln oder schnorren*. Wenn ich Zeitungen verkaufe, darf ich natürlich nicht gleichzeitig schnorren*.

CLYDE
Straßenzeitungs-Verkäufer

Feiern Sie Feste?

LAURA

Ich feiere wie alle Leute: mit Eltern, mit Kindern, Essen … Wie alle.

ELZBIÈTA
Straßenzeitungs-Verkäuferin

Ich feiere nur den Geburtstag von mir und meiner Frau. Der Rest interessiert mich nicht.

CLYDE
Straßenzeitungs-Verkäufer

Nein! Überhaupt nicht.
Seit 15 Jahren nicht mehr.
Warum auch?

SONNY
Straßenzeitungs-Verkäuferin

Kriegen Sie Geschenke zum Geburtstag?

TARA

Zum Geburtstag hole ich mir immer ein Stück Käsekuchen und beglückwünsche mich: Alles Gute, Sonny!

SONNY
Straßenzeitungs-Verkäuferin

Wie feiern Sie Weihnachten?

YUNA

Ich gehe jedes Jahr in ein großes, feines Restaurant. Die machen ein Weihnachtsessen für uns. *Hinz&Kunzt** macht auch eine Weihnachtsfeier mit sehr gutem Essen und Musik. Das ist schön da! Geburtstag feiere ich nicht. Das ist für mich uninteressant.

MICHAEL
Straßenzeitungs-Verkäufer

Reicht das Geld in deiner Familie? **NELE**

Am Ende des Monats ist bei uns kaum noch Geld da. Dann gibt es megaviel Streit in meiner Familie. Wir sparen dann am Essen, aber dass wir hungrig bleiben müssen, passiert nicht so oft. Ich bekomme mal mehr, mal weniger Taschengeld. Aber das verstehe ich auch. So ist das Leben.

KATRIN
Patientin einer Kinderpsychiatrie*

Geld spielt immer eine Rolle. Ich habe 15 Euro Taschengeld im Monat. Aber ich beschwere mich nicht. Man lernt zu schätzen, was man hat.

TIM
Patient einer Kinderpsychiatrie*

Wir kommen gut über die Runden. Wir kaufen bei Lebensmitteln und Kleidung nicht die teuersten Sachen. Ich bekomme 35 Euro Taschengeld, davon muss ich mir aber vieles selbst kaufen.

LUKAS
Patient einer Kinderpsychiatrie*

Mein Vater ist selbstständig, wir haben mal viel, mal wenig Geld. Beides kommt vor. Dann muss man überlegen, wo man bleibt, ob man umziehen muss. Man braucht Geld, um ein Leben zu haben, das den Standards gerecht wird.

NINA
Patientin einer Kinderpsychiatrie*

Waren Ihre Eltern auch arm?

FABIAN

Ich kenne meine Eltern nicht. Ich bin bei meiner Oma aufgewachsen und danach im Heim. Ich komme aus einem ganz normalen Haus, Opa war LKW-Fahrer bei der amerikanischen Armee.

MICHAEL
Straßenzeitungs-Verkäufer

Nein, ganz und gar nicht. Meinen Vater kenne ich nicht, aber meine Mutter hat ein Haus mit Whirlpool.

NIKO
Geht zu *KIDS**

Waren Sie vorher reich?

DZENAN

Ich habe früher einmal sehr viel geerbt. Eine halbe Million. Alles versoffen.

SONNY
Straßenzeitungs-Verkäuferin

20

Ist es für dich wichtig, Geld zu haben? NELE

Früher, bei meiner Mutter, hatten wir nur Hartz IV*. Aber wir waren glücklich, weil wir uns geliebt haben und so. Für mich ist Geld nicht wichtig.

NINA
Patientin einer Kinderpsychiatrie*

Bescheiden zu sein ist schwer. Wenn man jung ist, macht es einem mehr aus, wenn man wenig Geld hat. Man fragt sich, wie das bei den anderen ankommt. Klamotten spielen eine Rolle.

KLARA
Patientin einer Kinderpsychiatrie*

In der Schule laufen welche mit Schuhen rum, die über 100 Euro kosten. Die machen dumme Bemerkungen, wenn man mit billigeren kommt.

LUKAS
Patient einer Kinderpsychiatrie*

Wenn man es grob betrachtet, macht Geld glücklich. Aber die wichtigsten Dinge kann man nicht kaufen.

TIM
Patient einer Kinderpsychiatrie*

Familie hilft

Warum hilft Ihnen Ihre Familie nicht?

FLEUR

Ich weiß nicht ob die noch leben. Ich habe schon seit Jahren keinen Kontakt.

MICHAEL
Straßenzeitungs-Verkäufer

Ich habe mich schon früh von meiner Familie getrennt. Meine Mutter ist seelisch angeknackst und mein Vater ist immer auf Geschäftsreise, hat wenig Zeit. Ich möchte nicht bezahlt werden für Liebe.

LAURA-ANN
Straßenzeitungs-Verkäuferin

Weil die schon alle tot sind.

SONNY
Straßenzeitungs-Verkäuferin

Fühlen Sie sich alleingelassen?

ANNELIE

Ja, vom Staat. Ich bin 16 Jahre alt und bekomme keine Hilfe. Für Arbeitslosenhilfe müsste ich einen festen Wohnsitz haben.

NIKO
Geht zu *KIDS**

Ja, von der Politik. Die sollen mehr für die Obdachlosen tun und nicht so viel für die Flüchtlinge.

CLYDE
Straßenzeitungs-Verkäufer

Nein, ich bin ruhig. Ich habe ein paar Freunde, aber ich möchte sie nicht benutzen.

VÁCLAV
Lebt auf der Straße

Wo gehen Sie auf die Toilette?

ISE

Ich gehe jeden Morgen um 7 Uhr zum Stützpunkt* trinke Kaffee und gehe zum Klo.

VÁCLAV
Lebt auf der Straße

Wo und Worauf schlafen Sie, wenn Sie wohnungslos sind?

SAHEL

Meine Frau und ich, wir haben drei Decken, zwei Isomatten und Partnerschlafsäcke. Wir schlafen vor einem Kaufhaus.

CLYDE
Straßenzeitungs-Verkäufer

Wo gehen Sie duschen? TARA

Man kann bei *Hinz&Kunzt** duschen oder im *Herz As**.

CLYDE
Straßenzeitungs-Verkäufer

Im *Herz As**.

VÁCLAV
Lebt auf der Straße

Wie viele Bücher haben Obdachlose?

LENI

Ich habe fünf Bücher. Kriegsbücher aus dem Ersten Weltkrieg, weil ich mich für Geschichte interessiere.

CLYDE
Straßenzeitungs-Verkäufer

Ich habe keine Bücher.

MICHAEL
Straßenzeitungs-Verkäufer

Könnten Sie sich vorstellen, reich zu sein? NELE

Ja, aber dann würde ich viel abgeben: dem Tierheim und den Obdachlosen. Für die würde ich ein schönes Haus hinstellen lassen.

SONNY
Straßenzeitungs-Verkäuferin

Nein. So viel Geld würde ich gar nicht nehmen. Was soll ich mit so viel Geld? Vielleicht eine Weltreise machen?

MICHAEL
Straßenzeitungs-Verkäufer

Frieren Sie oft?

MALAIKA

Nein. Ich habe einen guten Schlafsack. Ich schlafe vor einer Sparkasse. Unter Brücken nicht, da ist es gefährlich.

VÁCLAV
Lebt auf der Straße

Ja, aber das geht nicht mehr. Ich hab die Schnauze voll von Handys.

MICHAEL
Straßenzeitungs-Verkäufer

Ja, ein altes. Eine tragbare Telefonzelle. Das habe ich mal geschenkt bekommen beim Schnorren*.

CLYDE
Straßenzeitungs-Verkäufer

FÜHLST DU DICH ALLEINGELASSEN? ANNELIE

Ja manchmal, weil ich drei Brüder habe und Mama fast nicht für mich da ist.

NIKLAS
Geht zu *SCHORSCH**

Ja manchmal, wenn mann mich moppt [bbt] oder alleine lässt.

EILEEN
Geht zu *SCHORSCH**

Nein, ich habe immer einen zum Spielen.

OSKAR
Geht zu *SCHORSCH**

WIE FÜHLEN SICH KINDER IN ARMUT? TANJA

Unglücklich, weil sie vielleicht nicht das bekommen, was sie wollen oder es ist denen peinlich in die Schule zu gehen, weil sie keine Markenklamotten tragen.

ALINE
Geht zu *SCHORSCH**

Verletzt, hunrig, durstig, enttäuscht.

EILEEN
Geht zu *SCHORSCH**

Traurig: sehr traurig!

NIKLAS
Geht zu *SCHORSCH**

Haben Sie eine Krankheit?

ARNAS

Ich bin Alkoholiker und starker Raucher. Beides ist ungesund, aber ich kann nicht aufhören. Ich rate jedem, damit gar nicht erst anzufangen.

CLYDE
Straßenzeitungs-Verkäufer

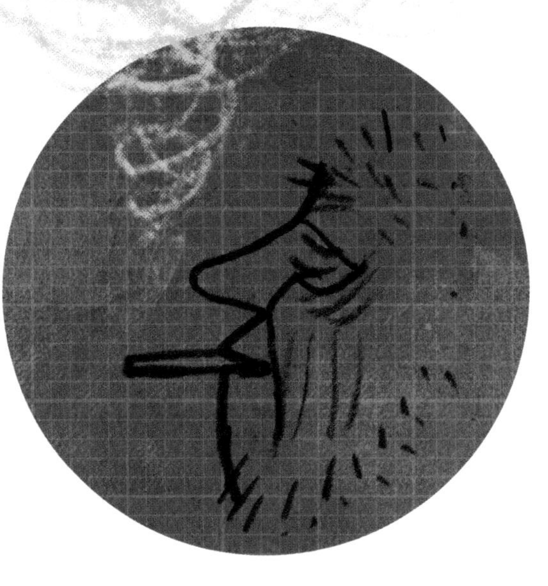

Ja, ja. Schon ganz gut. Es gab manchmal Probleme, aber die haben sich gelöst. Heute werden Kinder ja nicht mehr geschlagen.

MICHAEL
Straßenzeitungs-Verkäufer

Nur mein Vater. Meine Eltern waren auch Alkoholiker. Meine Mutter ist abgehauen, als ich 19 war. Meine Oma war immer für mich da.

SONNY
Straßenzeitungs-Verkäuferin

Schämen Sie sich, arm zu sein?

ALMA

Am Anfang war es schwer, das zu erzählen. Aber du kannst lernen, offen zu sein. Dann erfährst du auch Respekt. Ich war Alkoholiker, habe alles Geld verloren. Seit 30 Monaten bin ich trocken, darauf bin ich auch stolz. Seitdem ist alles leichter. Jeder Mensch muss eine Chance haben, finde ich.

TOMASZ
Straßenzeitungs-Verkäufer

Warum haben Obdachlose oft einen Hund? FLEUR

Er ist ein Beschützer und ein Lebenshalt.

CLYDE
Straßenzeitungs-Verkäufer

Wovor haben Sie Angst?

GRETA

Vor dem nächsten Tag, ob alles klappt mit dem Geld und wie das Wetter wird.

DIRK
Straßenzeitungs-Verkäufer

Ich habe manchmal Angst, dass *Hinz&Kunzt** zumacht oder dass Leute uns Verkäufer beleidigen.

ACHIM
Straßenzeitungs-Verkäufer

Dass ich überfallen werde. Die Angst geht immer mit, wenn man auf der Straße lebt.

KLAUS
Straßenzeitungs-Verkäufer

Vor Krankheit oder vor einem Unfall oder vor Zahnschmerzen.

THORSTEN
Straßenzeitungs-Verkäufer

Was vermissen Sie am meisten? FABIAN

Geld. Und das Gangsterleben. Scheiße bauen, dealen, Leute erpressen und so. Das mache ich jetzt nicht mehr.

HASSAN
Geht zu *KIDS**

Meine große Liebe, von der ich getrennt bin. Und meinen Opa, der tot ist.

HOPE
Geht zu *KIDS**

Sind Sie mit Ihrem Leben zufrieden?

FURKAN

Ich bin zufrieden, dass ich es überhaupt geschafft habe. Ich kann stolz sein darauf. Ich bin stolz auf meine Kinder, sie sind gut ausgebildet. Aber es ist trotzdem schwer. Probleme, Probleme, Probleme ...

ELZBIÈTA
Straßenzeitungs-Verkäuferin

Eine andere Wohnumgebung wäre schon besser.

LAURA-ANN
Straßenzeitungs-Verkäuferin

Nein, wie kann man damit zufrieden sein?

MICHAEL
Straßenzeitungs-Verkäufer

Wie das jetzt ist: ja. Ich habe eine Wohnung. Die ist zwar laut, aber mit Kopfhörern und Ohrstöpseln geht's da. *Hinz&Kunzt** verkaufen macht richtig Laune. Ich hab einen guten Platz, sogar mit einem Dach über dem Kopf, nette Kunden. Die kennen mich alle und bringen mir Klamotten, Essen, Blümchen, Geschenke. Einmal sogar einen großen Engel, der sollte mir Glück bringen. Ich bin sehr zufrieden.

SONNY
Straßenzeitungs-Verkäuferin

So weit ja. Allerdings ... 'ne Wohnung hätt ich gern und weniger Krieg auf Erden.

CLYDE
Straßenzeitungs-Verkäufer

Na ja, es könnte besser sein.

DIETER
Straßenzeitungs-Verkäufer

Was wünschen Sie sich?

GRETA

Ich wünsche mir, dass ich, wenn ich 18 bin, zur Bundeswehr gehen kann, weil ich Kampfflugzeuge und Waffen gut finde und eine gute Ausdauer im Laufen habe. Vor dem Tod habe ich keine Angst.

SEBASTIAN
Geht zu *KIDS**

Dass meine große Liebe wiederkommt und ein neues Handy.

HOPE
Geht zu *KIDS**

Dass jeder Mensch ein Einkommen hat. Und eine Badewanne.

TOM
Straßenzeitungs-Verkäufer

Ruhe. Geborgenheit. Dass es besser wird.

DETLEF
Straßenzeitungs-Verkäufer

ACHIM** hat das Hamburger Straßenmagazin *Hinz&Kunzt** verkauft. Seine Antwort stammt aus dem Buch »Ein mittelschönes Leben« von Kirsten Boie und Jutta Bauer.

BENJAMIN ADRION war Fußballspieler und studierte Internationales Management. Er beendete seine Fußballerkarriere beim FC St. Pauli, um sich ganz der Idee einer Welt ohne Durst zu widmen. 2005 rief er zusammen mit Freunden die Initiative *Viva con Agua** ins Leben. Die Aktionen von *Viva con Agua** kommen nach dem All-Profit-Prinzip* allen Beteiligten zugute. Dank dieser Arbeit haben sich die Lebensbedingungen von mehr als zwei Millionen Menschen weltweit nachhaltig verbessert. Für sein Engagement wurde Adrion mit dem Bundesverdienstkreuz ausgezeichnet.

ALINE, EILEEN, NIKLAS, OSKAR UND RUYA** sind bei *SCHORSCH**.

PROF. DR. KATAJUN AMIRPUR ist Professorin für Islamische Theologie an der Akademie der Weltreligionen der Universität Hamburg.

DR. VALENTIN BECK ist Philosoph. Er wurde 1979 in München geboren. Nach dem Studium der Philosophie und Literaturwissenschaft in Berlin und Paris arbeitete er wissenschaftlich an der Universität Bremen, am Lehrstuhl für Internationale Politische Theorie an der Goethe-Universität Frankfurt und an der Australien National University in Canberra. Seit 2012 lehrt und forscht er zu Fragen der praktischen Philosophie am Institut für Philosophie der Freien Universität Berlin. 2016 erschien sein Buch »Eine Theorie der globalen Verantwortung. Was wir Menschen in extremer Armut schulden«.

KIRSTEN BOIE ist Kinder-und Jugendbuchautorin. Von ihr sind rund 100 Bücher erschienen und in zahlreiche Sprachen übersetzt worden. 2007 wurde sie für ihr Gesamtwerk mit dem Sonderpreis des Deutschen Jugendliteraturpreises und 2011 vom Bundespräsidenten mit dem Bundesverdienstkreuz 1. Klasse ausgezeichnet. Sie wurde 1950 geboren, hat zwei inzwischen erwachsene adoptierte Kinder und lebt mit ihrem Mann im Einzugsbereich von Hamburg.

PROF. DR. CHRISTOPH BUTTERWEGGE ist Politikwissenschaftler und Armutsforscher. Er war Professor für Politikwissenschaft an der Universität zu Köln. Seit 2016 ist er im Ruhestand. Christoph Butterwegge hat sehr viele Bücher über Armut geschrieben. Im Jahr 2016 wurde er von der Partei Die Linke als Kandidat für die Bundespräsidentschaft vorgeschlagen.

ANTHONY CANTY ist Basketballspieler bei den Hamburg Towers. Im Sommer 2012 wurde der heute 26-Jährige von dem damaligen Nationaltrainer Svetislav Pešić sogar für den Kader der deutschen Nationalmannschaft nominiert. In den letzten beiden Spielzeiten war Canty einer der wichtigsten Spieler bei den Hamburg Towers.

CLYDE** ist 38 Jahre alt, er verkauft das Straßenmagazin *Hinz&Kunzt** in Hamburg. Er lebt auf der Straße.

SAMY DELUXE ist Musiker. Er kam 1977 als Samy Sorge in Hamburg zur Welt. Bereits als Jugendlicher machte er Musik mit eigenen Texten. Sein Deutschrap-Debütalbum mit der Formation Dynamite Deluxe ging direkt auf Platz 4 der Charts und von dort zu sechsstelligen Verkaufszahlen. Er erhielt alle relevanten Musikpreise. Nach der Geburt seines Sohnes gründete er den Verein *DeluxeKidz e.V.*, der Jugendliche an Musik, Sprache, Tanz und darstellende Kunst heranführt. Das Tonstudio KunstWerkStadt entwickelte sich zum Knotenpunkt für Künstler, an dem Musik geschrieben und produziert, gemalt und gefilmt, gekocht und gelebt wird.

DETLEF** ist 59 Jahre alt, er verkauft das Straßenmagazin *Hinz&Kunzt** in Hamburg.

DIETER** ist 66 Jahre alt. Er lebt in einer Kirchenkate* und verkauft das Straßenmagazin *Hinz&Kunzt** in Hamburg.

DIRK** hat das Hamburger Straßenmagazin *Hinz&Kunzt** verkauft. Seine Antwort stammt aus dem Buch »Ein mittelschönes Leben« von Kirsten Boie und Jutta Bauer.

ELZBIÈTA** ist 51 Jahre alt. Sie verkauft das Straßenmagazin *Hinz&Kunzt** in Hamburg. Seit einer Wirbelsäulenerkrankung braucht sie zwei Gehhilfen. Zurzeit ist sie nicht obdachlos, sie hat eine Wohnung.

ROBERT FERGUSON ist Basketballspieler. Er ist in den letzten zwei Jahren der Mannschaftskapitän der Hamburg Towers gewesen. Der gebürtige Amerikaner aus Cape Coral, Florida, ist 2,03 Meter groß und spielt seit 2009 Profibasketball. Ferguson stand schon in der Premierensaison für die Hamburger Towers auf dem Spielfeld. Zusammen mit seiner Frau Verena hat er zwei Kinder.

FLORIAN GÖSSELE ist in Hamburg Botschafter für die Organisation *foodsharing.de*. Er ist von Beruf IT-Berater und 28 Jahre alt.

HASSAN, HOPE, NIKO, SEBASTIAN UND VINCENT** gehen ins *KIDS**, eine offene Anlaufstelle für Straßenkinder in Hamburg. Sie sind zwischen 15 und 18 Jahre alt. Das *KIDS** ist ein Angebot der Jugendsozialarbeit und richtet sich an Mädchen und Jungen bis 18 Jahre, die sich oftmals ohne festes Zuhause rund um den Hauptbahnhof oder auf dem Hamburger Dom (Jahrmarkt) durchschlagen. Im *KIDS** wird warmes Essen gekocht, es gibt Lebensmittel von der *Hamburger Tafel**. *KIDS** vermittelt Notschlafplätze bei Obdachlosigkeit und bietet Beratung für Jugendliche, Eltern, Betreuerinnen und Betreuer.

WERNER HEROLD** ist Verleger und lebt in einer niedersächsischen Großstadt. Geboren wurde er 1954. Er machte eine Ausbildung zum Industriekaufmann in einer Druckerei, zu der auch ein bekannter Verlag gehörte. Dort arbeitete er zehn Jahre lang als Verlagshersteller, Werbe- und Presseleiter bis zur Pleite im Jahre 1982. Zusammen mit anderen Mitarbeitern machte er sich danach selbstständig und gründete einen erfolgreichen eigenen Buchverlag, der Mitte der 90er-Jahre verkauft wurde. Heute ist er immer noch als Programmleiter in diesem Verlag tätig.

MICHAEL HORBACH ist heute Stifter* und Fotograf. Er wurde 1950 als Sohn eines Arbeiters in Aachen geboren. Nach einem Studium der Volkswirtschaftslehre gründete er ein Unternehmen, die HORBACH Wirtschaftsberatung. Er verkaufte seine Firma nach 17 Jahren an einen der führenden Finanzdienstleister in Europa. Mit einem Stiftungskapital von einer Millionen Mark gründete er im selben Jahr die Stiftung* Michael Horbach, um die er sich inzwischen zusammen mit seinem Sohn Tim kümmert.

PROF. DR. MICHAEL HÜTHER wurde 1962 in Düsseldorf geboren und ist in Neuss aufgewachsen und zur Schule gegangen. Zum Studium wechselte er nach Gießen, wo er Ökonomie* und Geschichte studierte. Nach der Promotion* 1990 ging er zum Sachverständigenrat zur Begutachtung der gesamtwirtschaftlichen Entwicklung, erst als wissenschaftlicher Mitarbeiter, dann als Generalsekretär. 1999 wurde er der Chefvolkswirt der DekaBank, seit 2001 ist er Honorarprofessor an der EBS Business School in Oestrich-Winkel und seit 2004 Direktor des Instituts der deutschen Wirtschaft Köln.

ULLA JELPKE ist Journalistin und als Politikerin für die Partei Die Linke Mitglied des Deutschen Bundestages. Ulla Jelpke hat viele Berufe, unter anderem Friseurin, Kontoristin und Buchhändlerin. Über den 2. Bildungsweg machte sie einen Abschluss als Diplom-Soziologin und Volkswirtin. Sie wurde 1951 geboren und begann 1981 als Abgeordnete für die Grün-Alternative Liste (GAL) in der Hamburger Bürgerschaft. Jetzt ist sie innenpolitische Sprecherin der Linksfraktion im Bundestag. Sie beschäftigt sich mit Migrations- und Flüchtlingspolitik, Sicherheitsgesetzen und mit der Verteidigung von Grundrechten, mit Antifaschismus und Menschenrechtsfragen.

STEPHAN KARRENBAUER, Sozialarbeiter beim Hamburger Straßenmagazin *Hinz&Kunzt**, geboren 1962 in Hamburg, ist neben der Hamburger Justizanstalt Santa Fu aufgewachsen. Sein Vater war Strafvollzugsbeamter. Von früh auf hat er Geschichten über menschliche Schicksale mitbekommen. Nach dem Studium der Sozialen Arbeit arbeitete er in der Drogenberatung und in stationären Drogeneinrichtungen. 1995 kam Stephan Karrenbauer zu *Hinz&Kunzt**.
Er hat die sozialpädagogische Weiterentwicklung des Projekts maßgeblich beeinflusst.
Er ist politischer Sprecher bei *Hinz&Kunzt** sowie Projektleiter für die *BrotRetter** und *Spende Dein Pfand* am Hamburger Flughafen. Die Entwicklung innovativer Ideen bei der Bekämpfung sozialer Missstände ist sein Lieblingsthema.

KATRIN, KLARA, LUKAS, NINA UND TIM** sind zwischen 13 und 15 Jahre alt. Wir haben sie auf einer Station für Kinderpsychiatrie* in Hamburg getroffen. Die Fragen zum Thema Armut in ihren Familien haben sie sehr offen beantwortet. Vielen Dank dafür!

BIOGRAFIEN DER ANTWORTENDEN

KLAUS** hat das Hamburger Straßenmagazin *Hinz&Kunzt** verkauft. Seine Antwort stammt aus dem Buch »Ein mittelschönes Leben« von Kirsten Boie und Jutta Bauer.

LAURA-ANN** ist 25 Jahre alt, sie verkauft das Straßenmagazin *Hinz&Kunzt** in Hamburg. Im Moment ist sie nicht obdachlos, sie hat ein Zimmer in einer Wohnung.

HELMER-CHRISTOPH LEHMANN ist evangelischer Pastor und emeritierter Propst*. Er engagiert sich für *Oikocredit*, eine Initiative zur Armutsbekämpfung des Ökumenischen Rates der Kirchen. Er sagt über sich: »Während meiner aktiven Zeit in der Kirchengemeinde Volksdorf und in dem Kirchenkreis Stormarn war die Kinderbibelwoche in den Herbstferien für die Kinder von 5 bis 12 Jahren für mich der Höhepunkt des Kirchenjahres.« Helmer-Christoph Lehmann wurde 1935 geboren, er ist verheiratet und lebt in Hamburg.

DR. MELANIE LEONHARD ist Politikerin in der Partei SPD und Sozialsenatorin von Hamburg. Das bedeutet: Sie ist die Chefin der Sozialbehörde. Die Sozialbehörde ist für viele Menschen zuständig, besonders für Menschen, die Unterstützung brauchen, zum Beispiel Familien mit wenig Geld, Menschen, die aus einem anderen Land kommen, Menschen mit Behinderung. Melanie Leonhard wurde am 14. Juli 1977 in Hamburg geboren, sie ist verheiratet und hat einen Sohn.

FELIX M.** stammt aus einer wohlhabenden Familie in Hamburg. Er wurde 1998 geboren und beginnt bald ein Studium. Er hat zwei Schwestern.

MICHAEL** ist 50 Jahre alt, er verkauft das Straßenmagazin *Hinz&Kunzt** in Hamburg.

DIRK NOWITZKI ist ein deutscher Profi-Basketballspieler. Er wurde 1978 geboren und seit 1998 in der nordamerikanischen Profiliga NBA für die Dallas Mavericks aktiv. 2011 gewann er mit den Dallas Mavericks als erster Deutscher die NBA-Meisterschaft. Nowitzki gilt als einer der besten Spieler in der Geschichte des Basketballsports. Er kam über Turnen, Handball und Tennis mit 13 Jahren zum Basketball in der Schulmannschaft des Würzburger Röntgen-Gymnasiums.

BIRGIT OHNESORGE ist 56 Jahre alt, Mutter von vier Kindern, gebürtige Hamburgerin und Lehrerin für Deutsch und Englisch. Sie ist die Klassenlehrerin der Hamburger Schulklasse, die die Fragen für dieses Buch erarbeitet hat.

BISCHOF DR. FRANZ-JOSEF OVERBECK wurde 1964 in Marl geboren, studierte Theologie und Philosophie in Münster und Rom und wurde 1989 durch den damaligen Kardinal Joseph Ratzinger, den späteren Papst Benedikt XVI., in Rom zum Priester geweiht. Er ist Vorsitzender der Bischöflichen Kommission Adveniat, Mitglied der Päpstlichen Kommission für Lateinamerika und Vorsitzender der Kommission für gesellschaftliche und soziale Fragen der Deutschen Bischofskonferenz. Darüber hinaus ist er Mitglied des Päpstlichen Kulturrates und Militärbischof für die deutsche Bundeswehr. 2007 ernannte ihn der Papst zum Weihbischof in Münster, im Oktober 2009 zum Bischof von Essen.

CEM ÖZDEMIR ist Politiker und Mitglied des Deutschen Bundestages. Außerdem ist er Bundesvorsitzender der Partei Bündnis 90/Die Grünen. Cem Özdemir ist verheiratet, hat zwei Kinder und lebt in Berlin.

NOAH P.** stammt aus einer wohlhabenden Familie in Hamburg. Er ist 19 Jahre alt und hat drei Geschwister. Vor Kurzem hat er das Abitur abgelegt und fängt demnächst ein Studium an.

KERSTIN R.** wuchs in Norddeutschland auf. Die Familie ihres Vaters hat mit einem großen Unternehmen viel Geld verdient. Kerstin R. studierte und zog dann nach Mittelamerika, wo sie mit Flüchtlingen und Vertriebenen arbeitete. Heute setzt sie sich von Brüssel aus für die Menschenrechte ein.

DR. CAROLA ROLOFF ist leitende Wissenschaftlerin für den Bereich Buddhismus an der Akademie der Weltreligionen der Universität Hamburg.

PROF. DR. MED. MICHAEL SCHULTE-MARKWORT ist Arzt für Kinder- und Jugendpsychiatrie und Psychotherapie am Universitätsklinikum Hamburg-Eppendorf und Leitender Arzt der Abteilung für Kinder- und Jugendpsychosomatik am Altonaer Kinderkrankenhaus. Er wurde 1956 in Osnabrück geboren. Er hat viele Tausend Kinder und Jugendliche behandelt. Besonders wichtig ist es ihm immer, den Blick der betroffenen Kinder und Jugendlichen einzunehmen. Zuletzt hat Michael Schulte-Markwort das in seinem Buch »Kindersorgen« beschrieben.

TOBIAS SCHULZ ist Gründer von *BrotRetter** Hamburg. Er begann seine Karriere 1991 als Einzelhandelskaufmann bei einer großen Hamburger Bäckerei. Seit 1999 war er für das gesamte Hamburger Vertriebsgebiet als Verkaufsleiter verantwortlich. Tobias Schulz ist jetzt Mitglied der Geschäftsleitung und geschäftsführender Verkaufsleiter für das gesamte Unternehmen. *BrotRetter**-Geschäfte verkaufen Brot vom Vortag zu einem günstigeren Preis. Tobias Schulz ist Vater einer Tochter und lebt in Hamburg.

SONNY** ist 56 Jahre alt, sie verkauft das Straßenmagazin *Hinz&Kunzt** in Hamburg. Sonny hat eine Wohnung, in der es sehr laut ist.

KATJA SUDING (geboren 1975) ist stellvertretende Bundesvorsitzende der Freien Demokratischen Partei (FDP). Im Alter von 35 Jahren wurde sie zur Vorsitzenden der FDP-Fraktion in der Hamburgischen Bürgerschaft gewählt. Drei Jahre später folgte ihre Wahl zur Vorsitzenden des Landesverbands FDP Hamburg, dessen Vorstand sie bereits seit 2008 angehörte. Im Jahr 2017 kandidierte Suding für den Deutschen Bundestag. Sie hat zwei Söhne (geboren 2002 und 2004).

TOM** ist 49 Jahre alt, er verkauft das Straßenmagazin *Hinz&Kunzt** in Hamburg.

TOMASZ** ist 39 Jahre alt und wohnt in einem Zimmer zur Untermiete. Er verkauft das Straßenmagazin *Hinz&Kunzt** in Hamburg.

TORSTEN** hat das Hamburger Straßenmagazin *Hinz&Kunzt** verkauft. Seine Antwort stammt aus dem Buch »Ein mittelschönes Leben« von Kirsten Boie und Jutta Bauer.

VÁCLAV** lebt auf der Straße. Er kommt ab und zu in das *Hinz&Kunzt**-Café in Hamburg.

JENS WAWRCZECK wurde 1963 am Limfjord in Dänemark geboren und stand bereits als Kind beim NDR in Hamburg für Astrid Lindgrens Buch »Die Brüder Löwenherz« vor dem Mikrofon. Nach seiner Schauspielausbildung in Hamburg, Wien und New York war er in den unterschiedlichsten Rollen zu sehen. Jens Wawrczeck ist einem großen Publikum als Teil des Kult-Trios »Die drei ???« bekannt, der weltweit erfolgreichsten Hörspielserie. 2016 wurde er hierfür gemeinsam mit seinen Sprecherkollegen für sein Lebenswerk mit dem Sonderpreis des Deutschen Hörbuchpreises ausgezeichnet.

JENS WRAGE ist Vorstandsvorsitzender der *Hamburger Tafel**. Er war Öffentlichkeitsarbeiter der Hamburger Hochbahn AG, Geschäftsführer der Alster-Touristik GmbH und Vorstand der HADAG Seetouristik und Fährdienst AG. Er ist nach 25 Jahren dort ausgeschieden und arbeitet jetzt für den Verein *Hamburger Tafel**

PROF. MICHAEL ZIMMERMANN ist Professor für indischen Buddhismus am Asien-Afrika-Institut der Universität Hamburg. Er beschäftigt sich mit Fragen buddhistischer Ethik* wie zum Beispiel dem Verhältnis des Buddhismus zu Staatsführung und Gewalt.

*** Alle vollständigen Namen sind der Herausgeberin bekannt, werden hier aber auf Wunsch der Befragten nicht genannt.*